Anton Schäuble

.top, die Wette gilt!

Die unglaubliche Geschichte
eines *Wetten dass..?*-Kandidaten

Bibliografische Information der Deutschen Bibliothek:
Die Deutsche Bibliothek verzeichnet diese Publikation in der Deutschen
Nationalbibliographie; detaillierte bibliographische Daten sind im
Internet über http:/dnb.ddb.de abrufbar

Copyright 2007 by Anton Schäuble
Lektorat: Petra Preis, München
Litho/Repro: Ein guter Freund
Umschlagsgestaltung: Anton Schäuble
Fotos: Privat
Herstellung und Verlag: Books on Demand GmbH, Norderstedt

ISBN 978-3-8334-8852-8

Inhalt

Vorwort von Frank Elstner

„*Wetten dass..?*" steht und fällt mit den Wettkandidaten und mit der Phantasie der Zuschauer.

Anton Schäuble ist eines dieser „Wunderkinder". Er hat mit großer Liebe zum Detail einen Bericht über *Wetten dass..?* zusammengetragen, der alle - auch die Verantwortlichen hinter der Kamera - begeistert.

Anton Schäuble und allen seinen Wettkollegen verdanke ich, dass *Wetten dass..?* zum größten Erfolg meiner Fernsehideen wurde. Antons unglaubliche und doch authentische Geschichte ist ein unterhaltsamer Blick in eine ganze *Wetten dass..?*-Generation und lässt mich ihn auffordern, seinen Ideenreichtum auch künftig zu aktivieren:
„Los, Anton, erfinde eine neue Wette. Top, die Wette gilt."

Vorwort des Autors

Das Jahr 2006 ist geprägt von einem harten Winter, einem Sommer mit Hitze- und Regenperioden, Vogelgrippe, Fußball-Weltmeisterschaft und Papstbesuch. So ganz nebenbei hat Deutschlands beliebteste und bekannteste Fernsehshow einen besonderen Geburtstag. Vor nunmehr über 25 Jahren wurde erstmals *Wetten dass..?* im ZDF ausgestrahlt und ist noch immer der Deutschen liebste Samstagabend-Sendung.

Als Frank Elstner, der Erfinder und langjährig erfolgreiche Moderator dieser Live-Sendung, 1981 seine neueste Fernsehidee erstmals dem Fernsehpublikum vorstellte, wagte noch nicht einmal der allergrößte Optimist die Prognose, dass es diese Fernsehshow auch ein Vierteljahrhundert später noch geben würde. Allzu groß war bei der Erstsendung noch der Wirrwarr zwischen dem Ablauf der Wetten und dem Geplauder mit Prominenten, und zu auffällig waren die Pannen während dieser aufwändigen Show. Die erste Sendung war noch keine Live-Sendung: Sie wurde in einem ZDF-Studio aufgezeichnet, wo eine bescheidene Zuschauerkulisse erleben konnte, wie zäh eine neue Sendung starten kann. Frank Elstner, dem die Idee zu dieser Sendung einfach so über Nacht eingefallen war, zeigte sich sehr aufgeregt und gab viel Jahre später zu, dass er nach diesem Start einen Flop befürchtet hätte. Selbst sein Freund und Kenner, der damalige Regisseur Alexander Arnz, hatte befürchtet, dass das nichts werden würde. Frank hieße jedoch nicht Elstner, wenn er nicht weiter an seine Idee geglaubt hätte - und so feilte der Erfinder an dem Konzept, bis die Zuschauer es annahmen.

Bald bekam Frank Elstner seine Sendung in den Griff, nachdem er schon in den Jahren zuvor mit anderen beliebten Sendungen seine Souveränität bewiesen hatte. Er schaffte es gar schon Ende der siebziger Jahre, eine Sendung „Montagsmaler" zu nennen, obwohl sie dienstags ausgestrahlt wurde. Unverkennbar war und ist heute noch bei neuen, unterhaltsamen Sendungen seine Liebe zum Publikum, das er nie „zielgruppengerecht" auf eine feste Altersgruppe fixiert.

In der Zeit, in der fest etablierte Showgrößen wie Carrell und Co. harte Konkurrenz boten, schaffte es Elstner schon bald zur Nr. 1 der deutschen Showmoderatoren. Traumeinschaltquoten waren der sachliche Beweis für seine Beliebtheit und die überragende Akzeptanz von *Wetten dass..?* Durchschnittlich über 20 Millionen saßen vor den Fernsehgeräten, wenn Nobodys mit Wettvorschlägen ihr extravagantes Können zum Besten gaben. Elstner war der erste, der die Kandidaten zum tatsächlichen Mittelpunkt einer Show machte.

Auf dem Höhepunkt seiner *Wetten dass..?*-Karriere übergab er 1986 die Moderation der Sendung an Thomas Gottschalk, der zuvor schon das Radio beim Bayerischen Rundfunk revolutionierte und sich im ZDF mit der Sendung „Na, so was" für noch höhere Moderationsaufgaben empfohlen hatte. Fünf Jahre reichten Thomas Gottschalk zum Status der neuen Nummer 1 unter den Showgrößen. Während Frank Elstner mit Seriosität und Einfühlungsvermögen seine Zuschauer überzeugte, kam Gottschalk in einer Zeit, in der lockere Sprüche und jugendliches Image den Zuschauer begeisterten. 1992 spürte Thomas Gottschalk dann wohl, wie schwer es sein würde, das hohe Niveau der Sendung zu halten. Immer mehr ähnelten sich die Wetten und auch die prominenten Gäste. Gottschalk stieg zur Überraschung seines Fernsehpublikums aus, um sich neuen TV-Herausforderungen zu stellen. Wolfgang Lippert moderierte dann mit Bravour acht *Wetten dass..?*-Sendungen, bevor Gottschalk 1994 wieder in den *Wetten dass..?*-Zirkus einstieg. Zu schnell hatte er sich zwei Jahre zuvor von seinem „Steckenpferd" getrennt, das ihm Popularität und ein lukratives Einkommen garantierte. Selbst in Zeiten verstärkter TV-Konkurrenz versteht er es bis heute, mit dieser Unterhaltungsshow an der Spitze zu bleiben. Bei jeder Sendung rund 15 Millionen Zuschauer an den Bildschirm zu binden - davon dürfen andere nur träumen.

Wesentlichen Anteil am Erfolg einer solchen Show hat zweifellos der Moderator, aber was wäre er ohne seine Wettkandidaten, die auch nach schon über 25 Jahren immer noch reichlich Stoff für Spektakuläres bieten. Ich war einer dieser Kandidaten. Schon vor über 20 Jahren führte mich ein kurioser Zufall mit einer nicht minder kuriosen Wette als Kandidat zu *Wetten dass..?*. Fast auf den Tag genau 20 Jahre später war ich vom *Wetten dass..?*-Virus scheinbar noch nicht geheilt und folgte 2005 der Einladung des chinesischen Staatsfernsehens, das die *Wetten dass..?*-Rechte von den Gottschalk-Brüdern gekauft hatte und *Wetten dass..?* in China innerhalb kürzester Zeit zu einem Quotenhit machte.

Schon 1985, nach meinem ersten Auftritt als Wettkandidat, musste ich Interessierten und Neugierigen meine *Wetten dass..?*-Erlebnisse unzählige Male erzählen. Die Idee zu einem Büchlein hatte ich schon damals.

Das neue *Wetten dass..?*-Ereignis 2005 in China und nicht zuletzt auch das 25-jährige Bestehen von *Wetten dass..?* im Februar 2006 gaben mir den Impuls, meine Erinnerungen in ein noch sehr einfach gestaltetes Buch zu fassen, das ich sozusagen zum Test an ein paar wenige Bekannte und Freunde verschenkte. Die Resonanz darauf war so positiv, dass ich mich entschloss, nun aus einem ersten „Provisorium" ein richtiges Buch für *Wetten dass..?*-Interessierte zu schreiben, die Spaß am Blick hinter den „Vorhang" haben, erfahren wollen wie eine solche Sendung abläuft, wie Kandidaten fühlen und Prominente wirklich sind.

Ich danke all meinen Freunden und Bekannten, die mich dazu motiviert und geradezu gedrängt haben. Ein ganz besonderer Dank gilt meiner Frau und meinen Kindern, die mich in den letzten Monaten nach getaner Tagesarbeit ausschließlich, oft bis in die späte Nacht, nur noch beim Schreiben angetroffen haben und für diese Leidenschaft Verständnis aufbrachten.

Ich lade nun dazu ein, mit mir in die Hintergründe meiner *Wetten dass..?*-Erlebnisse abzutauchen, hinter die Kulissen zu blicken und den Vorhang der Fernseharbeit etwas zu lüften. Authentisch und ungeschminkt - so wie ich es in gekürzter Form allen, die es hören und wissen wollten, erzählt habe.

Anton Schäuble
im Mai 2007

Der Februar 1985 - wie alles begann

Ich war gerade 30 Jahre alt geworden und freute mich an meiner jungen Familie und dem beruflichen Vorankommen im Verkauf eines renommierten Schlafzimmer-Herstellers. Mit meiner Frau Ilse, dem stillen und besonnenen Teil unserer Beziehung und mit meinen beiden Töchtern, zwei und sechs Jahre alt, die die Kreativität und das Temperament vom Vater geerbt haben, waren wir eine typische deutsche Durchschnittsfamilie. Mit einem soliden Einkommen, einem bescheidenen Häuschen und der ganzen Zukunft noch vor uns. Mein Sohn, der viel später noch eine besondere *Wetten dass..?*-Rolle einnehmen sollte, war zu diesem Zeitpunkt noch nicht geboren.

In dieser Zeit, als es gerade mal höchstens fünf Fernsehprogramme gab, waren Fernsehshows der große Hit und *Wetten dass..?* das unübertreffliche Highlight der Fernsehunterhaltung. Eine Fernsehshow, die sich in wenigen Jahren zur beliebtesten Sendung entwickelt hatte und für viel Gesprächsstoff im Familien- und Bekanntenkreis sorgte.

Thema dieser Gesprächsinhalte waren meist die Kandidaten, die mit ihren Wetten für Furore sorgten und in den wenigen Minuten ihres Auftrittes damit eine ungewöhnliche Bekanntheit erreichten. Die bekanntesten Wettkandidaten aus langer Vergangenheit waren die Schweizer, denen das schier Unglaubliche gelang, einen schweren LKW auf vier zerbrechlichen Biergläsern abzustellen - das Bild sehe ich noch heute vor mir. Oder der Kandidat, der sich eine Zahl mit 600 Stellen merken konnte. Auch die Dame, die sämtliche Lottozahlenreihen auswendig wusste, wird genauso in die

Wetten dass..?-Annalen eingehen wie die Jungs, die am Flackern einer Kerze 50 Poptitel erkennen konnten. Oftmals dachten wir uns aus reinem Jux im Bekanntenkreis Wetten aus, die ähnlich spektakulär und witzig, in unserer Phantasie entstanden und frei erfunden waren. Einer meiner Freunde wollte einmal wetten, dass er mit dem Fahrrad die Ski-Schanze in Oberstdorf herunter springen und weiter fliegen würde als der Weltmeister im Skifliegen. Ein anderer wollte wetten, dass er die rote Karte schneller ziehen könne als jeder Bundesliga-Schiedsrichter. Natürlich alles nur Jux und Dollerei.

Es waren aber auch Wettformulierungen dabei, die auf mehr Ernsthaftigkeit hätten schließen lassen und auf die das ZDF sicher aufmerksam geworden wäre, wenn wir sie nur gestellt hätten. So zum Beispiel: „Ich wette, dass ich mit dem rechten Fuß schneller Schreibmaschine schreiben kann als eine Sekretärin mit der linken Hand." Die Sache hatte nur einen Haken: Niemand, und schon gar niemand von uns, konnte so etwas wirklich. Eigentlich hatte keiner von uns ein besonderes Talent vorzuweisen, das für eine Wette bei *Wetten dass..?* ausgereicht hätte. Ich konnte zwar ganz gut Gegenstände auf meinem Kinn balancieren, aber das können viele andere auch. Etwas Besonderes ist das nicht, dachte ich damals.

Ich hatte schon als Kind und Jugendlicher Papiertüten und Besen, später auch Stühle und schwerere Gegenstände auf meinem Kinn „spazieren getragen". Natürlich ging das nicht immer gut. Ich erinnere mich, dass ich bei einem Schulausflug einmal einen Stuhl balancieren wollte, der jedoch abglitt und mir eine Narbe oberhalb meines ausgeprägten

Riechorgans beibrachte, die heute noch zu sehen ist. Ein andermal freuten sich besonders meine Eltern über mein Balancetalent, als mir beim Balancieren einer Leiter diese vom Kinn auf ein Autodach gefallen war. Dieser Balanceakt schlug damit fehl und wurde ein Fall für die Haftpflichtversicherung. Später hatte ich meine Begabung auch bei einem Zusammensein mit Nachbarn - im schwäbischen nennt man das „Hocketse" - ausprobiert. In geselliger Laune hatte ich mich dabei an einem Kinderwagen „vergriffen" und diesen zur Gaudi aller Anwesenden auf dem Kinn balanciert. Es gelang mir auch dieses seltsame Utensil auf meinem Kinn zu balancieren. Da ich solche Balanceakte immer ganz spontan durchführte, kam mir nie in den Sinn, ernsthaft zu trainieren. Auch ohne Übung gelang es eben meistens und trug zur allgemeinen Unterhaltung bei. Es wäre mir nie in den Sinn gekommen, mich als besonders talentiert anzusehen. Ich konnte das eben und dachte nicht weiter darüber nach.

Der entscheidende Zeitungsbericht

Am Faschingsdienstag 1985 hatte ich - wie jedes Jahr - Urlaub genommen. In unserem Ländle ist die Fasnacht eine sehr prägende und anstrengende Angelegenheit. Wenn man wie ich in der alemannischen Gegend aufgewachsen ist und selbst schon als 15-jähriger in der „Bütt" stand, dann bleibt der Rosenmontag wohl ein Leben lang ein Urlaubstag. Und damit der Dienstag erst Recht! An Urlaubstagen genieße ich es, ausgiebig zu frühstücken und dabei die Zeitung genauer zu lesen als sonst. Am Rosenmontag 1985 brachte unsere Hauszeitung, der „Schwarzwälder Bote", einen Artikel über einen Engländer namens Terry Cole. Fast hätte ich diesen

15

Bericht überlesen, doch ein kleines Foto weckte meine Aufmerksamkeit.

Das Foto dokumentierte die artistische Glanzleistung dieses Engländers, dem es gelungen war, 17 Getränkekisten mit einem Gesamtgewicht von 15 Kilogramm 16 Sekunden lang auf dem Kinn zu balancieren. Natürlich interessierte mich das ungemein. Balancieren konnte ich schließlich auch. Zwar hatte ich es noch nie mit Kistenbalancen versucht, aber warum sollte mir das nicht auch gelingen? Ich kam von dieser Idee nicht mehr los, meine Gedanken beschäftigten sich fortwährend mit dem Engländer. Das wäre doch eine Wette für *Wetten dass..?,* schoss es mir durch den Kopf. Kurz entschlossen, ohne mir über die Folgen so richtig im Klaren zu sein, schrieb ich einen Brief an die *Wetten dass..?*-Redaktion nach Mainz, fügte den Zeitungsausschnitt bei und bot meine Wette an, die ich so formulierte: „Ich wette, dass ich 17 Fruchtsaftkisten länger auf dem Kinn balancieren kann als der Engländer Terry Cole."

Da lag der Brief nun tagelang auf meinem Schreibtisch. Ich wagte nicht, ihn abzuschicken, denn ich hatte diese Sache doch noch kein einziges Mal geübt. Es war eigentlich nur eine Schnapsidee, so dass der Brief irgendwann im Papierkorb landen würde. Als meine Frau nach Tagen fragte, was nun damit geschehen solle, sagte ich spontan: „Schick den Brief doch einfach mal weg, es wird sowieso kein Echo kommen." Ihr Blick sprach Bände. Ich verteidigte mich: „Mir ist doch klar, dass ich so eine Balance nie schaffen würde, aber sieh mal, falls wirklich eine Reaktion vom ZDF kommt, ist dies vielleicht der Weg, zumindest einmal an zwei Eintrittskarten für diese Sendung zu kommen." Der

Brief mit der Wettformulierung wurde auf seinen Weg geschickt und ich harrte nun der Dinge.

Von der Idee zur Bewerbung

Am 12. April 1985, nur wenige Tage, nachdem meine Frau den Brief mit meiner Wette in den Briefkasten gesteckt hatte, sollte ein nie für möglich gehaltenes „Abenteuer" seinen Lauf nehmen. Meine Frau rief aufgeregt im Büro an und erzählte mir, das ZDF habe angerufen. Mein Wettvorschlag sei attraktiv und man wolle mich sprechen. Auf einen Schlag war mir hundeübel. Mir wurde heiß und kalt, mein Puls spielte verrückt. In diesem Augenblick erst ging mir auf, dass ich den Mund wohl etwas zu voll genommen hatte. Wie sollte ich mich nur aus der Affäre ziehen? Ich hörte meine Frau fragen: „Bist du noch dran?" „Ja", sagte ich ziemlich kleinlaut. „Diese Frau Wink will in deiner Mittagspause nochmals anrufen. Sei pünktlich und bereite dich darauf vor", sagte meine Frau. Dann legte sie auf.

Was sollte ich nur tun? Farbe bekennen und das Ganze als einen Jux hinstellen? Alles in mir sträubte sich dagegen. Vielleicht sollte ich ganz einfach hinfahren, vorausgesetzt, das ZDF lud mich zu einem Test ein. Ich war bestimmt nicht der einzige, der einen Test nicht bestand. Sicher waren vor mir schon viele erfolglos gewesen. Aber wenn ich hinfuhr, hatte ich vielleicht die Möglichkeit, zwei Eintrittskarten für eine *Wetten dass..?*-Sendung zu ergattern. Eigentlich war genau das der hauptsächliche Grund für meinen Wettvorschlag gewesen, hatte ich doch schon seit Jahren immer wieder versucht, an zwei Eintrittskarten heranzukommen. Gerade jetzt hatte ich wieder sämtliche Kartenvorverkaufsstellen erfolglos abgeklappert, da ich wusste, dass demnächst *Wetten dass..?* in Böblingen zu Gast sein würde, also ganz in unserer Nähe. In der Mittagspause fuhr ich nach Hause und wartete voller Spannung auf das Läuten des Telefons. Da - ich sprang auf. Das Läuten war mir noch nie so schrill erschienen. Ich meldete mich. Ja, es war das ZDF. Man verband mich mit Frau Wink. Diese nette Dame erklärte mir, sie sei die Redakteurin, und die *Wetten dass..?*-Redaktion sei von meinem Wettvorschlag sehr angetan. Man wolle sich von meinem Können überzeugen. Ob ich bereit wäre, nach Mainz zu einem Test zu kommen? Ich hörte den leisen Zweifel in ihrer Stimme und dennoch sagte ich spontan: „Ich komme." Dabei erzählte sie mir, dass es viele Möchtegernkandidaten gäbe, die eine Wette nur aus Jux einschickten und keine Ahnung von der Ausführung selbst hätten. So ein bisschen war ich ja auch einer von denen. Ich behauptete da mit meiner Wette etwas, wovon ich weder Ahnung noch Erfahrung hatte. Nachdem wir unser Gespräch beendet hatten, war mir recht mulmig. Wohin sollte mich dieser „Unsinn" noch führen, dachte ich etwas ratlos.

Kontakt mit dem ZDF

Die Weichen waren gestellt. Wir vereinbarten, dass ich vier Tage später nach Mainz kommen solle. Beate Wink fragte noch, welche Art Kisten ich für meinen Balanceakt benötigen würde und welche sonstigen Voraussetzungen man mir schaffen solle. Woher um alles in der Welt sollte ich das wissen? Ich hatte es doch noch nie versucht! Doch ich ließ mir nichts anmerken und bat um Bereitstellung ganz normaler Getränkekisten. Da ich mir keine echte Chance ausrechnete, war mir die Beschaffenheit der Kisten zunächst völlig egal. Allerdings - allzu sehr blamieren wollte ich mich auch nicht und vertraute meinem bescheidenen Balancetalent. Also würde ich in den kommenden Tagen noch ein wenig üben müssen. Nun war aber guter Rat teuer. Wo sollte ich üben und womit? Ins Freie durfte ich nicht, da mich Frau Wink um strengste Geheimhaltung gebeten hatte. Und die Nachbarn würden mich bestimmt für verrückt halten, wenn ich plötzlich anfinge, im Garten mit leeren Getränkekisten zu balancieren.

Also blieb nur der Dachboden, da dort der höchste Raum im Haus war. Gedacht, getan. Nun ließ aber die Zimmerhöhe nur das Stapeln mit höchstens vier Kisten zu. Zwei Sprudelkisten und zwei Apfelsaftkisten waren mein Getränkebestand. Ich entleerte alle vier Kisten von leeren und vollen Flaschen. Zumindest konnte ich mir mit diesen wenigen Kisten das Gefühl vermitteln, wie solche Gegenstände auf mein Kinn einwirken würden. Mit diesen vorhandenen Kisten gab es keine Schwierigkeiten. Ich hatte sie im Nu im Griff. Aber wie würde es mit 17 Kisten sein? Was war schwerer unter Kontrolle zu halten, die Höhe von fünf Metern oder das Gewicht von 15 Kilogramm? Ich versuchte, das Gewicht zu trainieren, indem ich eine volle und eine leere Kiste nahm. Nach anfänglichen Schwierigkeiten gewöhnte sich mein Kinn an die Belastung. Der Balanceakt war nicht ungefährlich, denn schließlich wollte ich keine Flasche von oben auf den Kopf bekommen.

Nach einigen Versuchen war ich so sicher, dass ich eine leere Kiste nahm und meine zweijährige Tochter in die zweite, obere Kiste setzte, um weiter ein Gefühl dafür zu bekommen, wie schwer 17 Kisten sein würden. Es funktionierte - für die Kleine war das wohl eine Mischung aus mulmigem Gefühl und Riesenspaß - und vom Papa doch etwas leichtsinnig.

Übung macht den Meister…

Wie und wo nur sollte ich üben, 17 Fruchtsaftkisten auf dem Kinn zu balancieren? Also rauf auf den Dachboden und improvisieren.

... und strapaziert das Kinn.

Ich wurde mit den paar wenigen Kisten so sicher, dass ich es wagte, meine 2-jährige Tochter in eine Kiste zu setzen. Meine Frau traute ihren Augen nicht und drückte ein zweites Mal auf den Polaroid-Auslöser.

Nach mehreren Versuchen zeigte mein Kinn erste „Ausfall-erscheinungen", so dass ich dem Wunsch meiner älteren Tochter, die ebenfalls mal in der Kiste sitzen wollte, lieber nicht nachkam. Das Gewicht hätte dann bei über 30 Kilogramm gelegen, das wollte ich nicht riskieren. Mit riesengroßen Kulleraugen schauten meine Töchter meinen Übungsstunden zu und erinnern sich noch heute mit etwas Schaudern an diese waghalsigen Balanceexperimente!

In den vier Tagen, an denen ich täglich eine halbe Stunde übte, hatte ich ein gutes Gefühl für meinen Balanceakt bekommen. Auch mein Unterkiefer gewöhnte sich an die Gewichtsübungen. Mit acht bis zehn Kisten rechnete ich mir eigentlich eine reelle Chance aus, mich durch den Test zu mogeln. Zumindest würde ich damit beweisen können, dass ich den Mund nicht allzu voll genommen hatte. An ein Gelingen mit 17 Kisten dachte ich nicht, das konnte ich nicht schaffen, es war unrealistisch, auch nur einen Gedanken daran zu verschwenden. Der Engländer war Profi und hatte sicher ein hartes Training hinter sich. Und ich wusste noch nicht einmal, wie ein 17-Kisten-Turm aussieht.

Unablässig beschäftigten sich meine Gedanken mit dem anstehenden Test. Es war kein Mut, ja schon Übermut, eine solche Wette überhaupt zu formulieren. Also setzte ich mich damit nun selbst unter den Druck, bei dem Test wenigstens nicht gänzlich zu versagen. Auf dem Zeitungsfoto war nicht klar erkennbar gewesen, welche Kisten der Engländer verwendet hatte. Ich stutzte. Irgendetwas irritierte mich. Meine vier Übungskisten wogen schon 7 Kilogramm. Wie kam der Engländer dann bei 17 Kisten auf „nur" 15 Kilogramm? Welche Art Kisten hatte dieser Profi nur benutzt? Es mussten extrem leichte Kisten gewesen sein, vielleicht eine Spezialanfertigung? Ich ging noch einmal in die Küche und wog eine der Kisten ab, die ich für mein Training benutzt hatte. 1.700 Gramm zeigte die Waage an. 17 Kisten sollte ich balancieren, das wären über 28 Kilogramm! Das konnte ich nie und nimmer schaffen. Wenn es den zuständigen Leuten vom ZDF nicht gelingen würde, mir die entsprechenden leichteren Kisten zu besorgen, konnte ich den Test ganz vergessen. Meine Vernunft signalisierte, es wäre besser, die Sache abzublasen. Mein Ehrgeiz jedoch verlangte Standhaftigkeit.

Jetzt war es meine Frau, die mir Mut zusprach. Sie sagte: „Lass doch einfach alles auf dich zukommen. Fahr hin, gib dein Bestes, und wenn du es nicht schaffst, ist das auch kein Weltuntergang." Eigentlich hatte sie ja Recht. Es war doch nur ein Test. Und - es war die Gelegenheit für mich, einmal bei einem Sender reinzuschnuppern. Ich verdrängte meine Bedenken, zu versagen und mich zu blamieren und malte mir aus, was ich alles zu sehen bekommen würde. Vielleicht würde mir ein Prominenter über den Weg laufen, vielleicht Dieter Kürten, der damalige Starmoderator des aktuellen Sportstudios oder wenigstens ein Nachrichtensprecher.

Meine erste Fahrt zum ZDF

Nun war es soweit. Montagmorgen war es, der Tag, an dem ich meine Reise nach Mainz antrat. Eigentlich hatte ich vor, mit dem Auto hinzufahren, doch hatte ich in der Nacht kein Auge zugetan, so dass ich mich kurzerhand entschloss, mit der Bahn nach Mainz zu fahren, um erholter beim ZDF anzukommen. In meinem Abteil befand sich noch eine ältere Dame, mit der ich schnell ins Gespräch kam. Nach einer

Weile fragte sie mich, warum ich so nervös sei. Auf meine Frage, woran sie das bemerkt habe, antwortete sie lächelnd: „Sie rutschen unablässig auf Ihrem Sitz hin und her." Nun erzählte ich ihr, dass ich von Natur aus nicht der Ruhigste und augenblicklich besonders nervös sei, da mir ein bedeutsamer Test bevorstünde. Wahrscheinlich hielt sie mich daraufhin für einen dieser „ewigen Studenten". Ich ließ sie in dem Glauben, da ich ja nichts erzählen durfte. An unserem Fahrtziel angelangt, verabschiedeten wir uns voneinander, und die Dame wünschte mir Glück für meinen Test. Wenn sie gewusst hätte, wie mir zumute war. Ich kam mir einerseits recht mutig vor, andererseits drehte sich mein Magen fast im Karussell und ich war zu keinem klaren Gedanken mehr fähig.

Nun stand ich also in Mainz auf dem Hauptbahnhof. Schnell fand ich heraus, dass ich zur Weiterfahrt einen Bus der Linie 17 nehmen müsse, der in wenigen Minuten abfahren würde. Dann saß ich endlich im Bus und ließ mich meinem Ziel näherbringen. Ich nahm meine Umgebung nicht wahr, meine Gedanken waren bei dem, was mir bevorstand. Der Bus hielt vor dem ZDF-Gelände. Auf den ersten Blick wirkte dieser riesige Gebäudekomplex auf mich wie ein Klinikum. Der Pförtner am Schlagbaum, ein wortkarger, etwas brummiger Typ, verlangte einen Tagesausweis, der mich berechtigte, das ZDF-Gelände zu betreten. Natürlich hatte ich keinen. Ich erklärte ihm, dass ich von Frau Wink erwartet würde. Er telefonierte kurz und stellte mir dann nach einem Blick in meinen Personalausweis einen Tagesausweis aus. Danach ließ er mich gnädig passieren. „Wie am Kasernentor", dachte ich. Meine Unsicherheit wuchs. In meinem Kopf überschlugen sich die Gedanken. Eine verrückte Hoffnung keimte in mir auf. Wenn ich es nun wider Erwarten doch schafften würde? Aber das war ja ganz unmöglich. Immerhin war ich nun erstmals hier. Im Aufzug betete ich leise vor mich hin. „Lieber Gott, hilf mir, dass ich mich nicht zu sehr blamiere." Ich stieg aus und richtete mich auf dem Weg zum Zimmer 353 noch etwas her. Schnell das Hemd nochmals exakt in die Hose gesteckt, mit dem Kamm durch die damals noch vorhandenen Haare gefahren und noch ein paar Spritzer Eau de Toilette. Denn ein guter Duft gibt mehr Sicherheit. Von meinem natürlichen Temperament war jedoch nicht mehr viel übrig. Zaghaft klopfte ich an die Tür. Eine Frauenstimme rief mich herein. Bei meinem Eintritt begrüßte mich eine Dame sehr freundlich und stellte sich als Beate Wink vor.

Das höfliche Entgegenkommen machte mich gleich sicherer. Die Tür öffnete sich wieder und ein netter Herr kam auf mich zu. Er stellte sich als Christian Tadey vor und erzählte, dass er der Leiter der *Wetten dass..?*-Redaktion und mit zuständig für die Auswahl der Wettvorschläge sei, die in die Sendung kommen sollen. Er wirkte distanziert, aber nicht unfreundlich. Frau Wink bot mir einen Platz an, und ich setzte mich - froh, dass bisher noch niemand meine schlotternden Knie bemerkt hatte.

Christian Tadey brachte das Gespräch auf meinen Wettvorschlag und wollte wissen, wie er entstanden sei und ob ich den Balanceakt in dieser Form schon einmal durchgeführt hätte. Ich erzählte also, was den Ausschlag zu meiner Wette gegeben hatte - dieser verflixte Zeitungsartikel. Der Frage nach dem Gelingen des Balanceaktes wich ich vorerst noch geschickt aus. Er musterte mich skeptisch. Nun erzählte ich, was ich bisher schon so alles balanciert hatte, und betonte, dass ich der Meinung sei, es unter optimalen Bedingungen schaffen zu können. Herr Tadey erkannte wohl die Zweifel in mir. „Nun gut", meinte er schließlich, „wenn Sie nun schon mal hier sind, können wir es ja wenigstens versuchen." Der Gedanke schoss mir durch den Kopf, ihn gleich jetzt und hier nach zwei Eintritts-Karten für die nächste Sendung in Böblingen zu fragen. Aber ich ließ es sein - das hätte in diesem Augenblick sicher keinen guten Eindruck gemacht. Auf meine Frage, wo der Test denn stattfinden solle, antwortete Frau Wink, dass sie mit der größten ortsansässigen Brauerei vereinbart habe, den Test in deren Getränkelager durchführen zu dürfen. Dort gäbe es auch alle erdenklichen Sorten von Getränkekisten, so dass wir schon finden würden, was wir zu unserem Test benötigten. Ich hatte meine Zweifel, sagte aber nichts.

Während der Fahrt zum Bierlager saß ich mit knurrendem Magen im Fond des Wagens. Niemand schien auf die Idee zu kommen, dass ich hungrig sein könnte. „Nun gut", dachte ich, „ein voller Bauch studiert nicht gern." Vielleicht kam das hohle Gefühl aber auch von der Aufregung. Ich hörte auf die Stimmen von Frau Wink und Herrn Tadey, während ich versuchte, mich auf das Bevorstehende zu konzentrieren. Mein unbändiger Wille puschte mich und produzierte das nötige Adrenalin.

Die Bewährungsprobe

Der Wagen hielt. Beim Aussteigen sah ich das Lager mit seinen riesigen Ausmaßen. Wir wurden schon erwartet. Herr Tadey bat einen Lageristen darum, uns bei der Auswahl der richtigen Kisten zu helfen. 17 Kisten, die aber insgesamt nicht mehr als 15 kg wiegen sollten. Wie ich insgeheim befürchtet oder gehofft hatte, waren trotz der Riesenauswahl keine so leichten Kisten aufzutreiben. Ich glaubte meinen Augen nicht zu trauen, als ich draußen vor der Halle einen Lageristen wahrnahm, der einen vier Meter hohen Stapel aus Kisten aufbaute. Es ging ein leichter Wind, und der Kistenturm geriet in gefährliche Bewegung. Der Lagerist meinte, dass diese schweren Bierkisten doch immerhin den Vorteil hätten, dass sie besser zu stapeln seien und nicht gleich zusammenfielen. Eine ähnliche Wette sei schon einmal in *Wetten dass..?* gezeigt worden - damals hätten die Kandidaten jedoch wesentlich mehr als 17 Kisten gestapelt, gab dieser Lagerist vorlaut zum Besten. Herr Tadey ließ jedoch durchblicken, dass es nicht allein nur ums Stapeln ginge, sondern dass ich diesen Kistenturm auch noch auf meinem Kinn balancieren wolle. Ungläubig blickte der Mann mich an. Ich konnte es ihm nicht verdenken. Ratlos überlegten wir, woher wir so schnell leichtere Kisten bekämen, damit das Gewicht des Kistenturms bei 15 Kilogramm liegt. Plötzlich wandte sich Herr Tadey an mich: „Wollen Sie es nicht einfach mal versuchen, Herr Schäuble? Wenn es schiefgeht, können wir immer noch überlegen, was zu tun ist." „Also gut", sagte ich, „versuchen kann ich es ja immerhin." Allerdings bat ich darum, den Kistenstapel in der Halle aufzubauen, damit das Risiko Wind wenigstens ausgeschaltet sei. Man kam meiner Bitte nach.

Fasziniert und mit Riesenrespekt schaute ich mir dieses 28 Kilogramm schwere Monstrum an. Dann ging ich in die Hocke und griff mit beiden Händen nach der untersten Kiste. Ich war voll konzentriert. Ich stemmte dieses enorme

Gewicht in die Höhe und richtete mich dabei langsam auf. Als ich festen Stand hatte, setzte ich den Turm vorsichtig auf meinem Kinn ab. Die scharfe Kante der untersten Kiste drückte fürchterlich auf mein Kinn und ließ mich das Gewicht von über einem halben Zentner recht deutlich spüren. Ich schaute nach oben und kontrollierte die Balance. Mein Denken war nun ausgeschaltet, die Angst von mir abgefallen. Ich konzentrierte mich voll auf den Turm, stand so ruhig wie möglich und glich die Balance vorsichtig aus. Neben mir zählte jemand: „5 Sekunden, 6, 7, 8, 9 ..." Bei 15 Sekunden gab ich auf, ich konnte einfach nicht mehr. Halb schwindelig sprang ich zur Seite, als der Kistenturm mit Getöse in sich zusammenfiel. Mein Kinn schmerzte wahnsinnig, und mein Genick war fast starr. Langsam nahm ich wieder wahr, was um mich herum vorgeht. Sie klatschten, alle freuten sich. Ich hatte es geschafft und konnte es nicht fassen!

Vertrauen gibt Selbstvertrauen

Doch Herr Tadey brachte mich schnell wieder in die Wirklichkeit zurück. Trotz des enormen Gewichts war mein Kistenturm „nur" vier Meter hoch gewesen, also einen Meter niedriger als der des Engländers. „Wenn Sie einverstanden sind, versuchen wir das Ganze jetzt noch einmal mit Sprudelkisten", meinte Herr Tadey, „wenn wir 17 nehmen, haben wir die geforderten fünf Meter bei dem gleichen Gewicht - also 28 Kilogramm." „Der Mann hat Nerven", dachte ich und kam mir ziemlich überfordert vor. Zwei solch schwere Tests innerhalb kürzester Zeit. „Was soll's", denke ich. Jetzt, da ich es bereits einmal geschafft habe, konnte mich nichts mehr aufhalten. Das Vertrauen der

Umstehenden gab mir Selbstvertrauen! „Wenn Sie das noch schaffen, sind Sie auf jeden Fall in der Lage, den Engländer zu schlagen", meinte Herr Tadey.

Aber schon das Stapeln der Sprudelkisten erwies sich als ziemlich schwierig. Obwohl nun mehrere Männer mit dem Stapeln beschäftigt waren, wollte der Kistenturm nicht zum Stehen kommen. Endlich stand mein Turm, ein Wahnsinnsanblick. Ich schaute mich um, alle Anwesenden hatten sich inzwischen mit Plastikschutzhelmen versorgt. Nur ich nicht. Macht nichts, mein Denken war eh halb ausgeschaltet. Wie beim ersten Versuch ging ich in die Hocke und drückte die Kisten mit ausgestreckten Armen vorsichtig nach oben. Doch dieses Mal war es schon ein Kunststück, den Stapel heil hochzubekommen. Ich lief hin und her, um ihn unter Kontrolle zu kriegen. Nun hatte ich ihn und setzte ihn vorsichtig auf meinem Kinn ab. Ich richtete ihn noch leicht aus und balancierte noch ein wenig das Gleichgewicht aus. Dann stand er - wirklich auf meinem Kinn. Ich nahm beide Hände von der untersten Kiste, und damit begann die Balance. Dieses Mal blieb er sogar 17 endlose Sekunden lang oben, bevor er mit lautem Getöse zusammenfiel. Man beglückwünschte mich von allen Seiten. Langsam setzte mein Denken wieder ein. Ich nahm wahr, dass auch dieser zweite Versuch erfolgreich war, und nun kam eine unbändige Freude in mir auf. Es hatte geklappt!! Das schier Unglaubliche war eingetreten. Anscheinend hatte ich den Mund doch nicht zu voll genommen.

Test gelungen

Die Rückfahrt zur Redaktion erlebte ich voller Genugtuung. Christian Tadey drehte sich zu mir um und erklärte mir lächelnd, dass er für meinen Wettvorschlag eine reelle Chance sähe. Da er in der kommenden Woche nach England müsse, wolle er dabei versuchen, den Engländer Terry Cole ausfindig zu machen. Wenn sich dieser meiner Herausforderung stellen würde, stehe einem Live-Vergleich nichts mehr im Wege.

Doch das lag für mich noch in weiter Ferne. Trotz meiner gelungenen Versuche glaubte ich nicht so recht an einen Fortgang der Geschichte. Da beide Balanceakte sozusagen reibungslos verlaufen waren (die einzigen „Reibungen" verblieben am Kinn), glaubte ich auf einmal, dass es den Verantwortlichen nun vielleicht doch zu einfach erschien und meine Wette keine Chance mehr hatte. In der Redaktion versprach man mir, mich über alles Weitere zu unterrichten. Bevor man mich verabschiedete, fiel mir gerade noch rechtzeitig das Wichtigste ein - meine Karten. Ich fragte Herrn Tadey noch schnell, ob er eine Möglichkeit sähe, mir zwei Karten für eine *Wetten dass..?*-Sendung zu verschaffen, da ich gern einmal eine Live-Sendung als Zuschauer erleben möchte. Er versprach mir, sich darum zu kümmern.

Nun verabschiedete ich mich und verließ entspannt und zufrieden die Redaktion. Nach einem kurzen Stopp in der ZDF-Kantine unternahm ich einen Streifzug durch den riesigen Gebäudekomplex. Kein Stockwerk ließ ich aus. Aber auch jetzt begegnete mir leider kein einziges bekanntes Gesicht. Die Stars schienen an diesem Tag alle ausgeflogen zu sein. Ich sah verschiedene Studios und bewunderte die imposanten technischen Einrichtungen. Dort, wo sonst das Sportstudio übertragen wird, wurde gerade eine andere Sendung vorbereitet. Am meisten beeindruckt war ich von der Menge an Geräten und Beleuchtungskörpern, die an der Decke hingen. Es war erkennbar, wie viel Technik für die Produktion einer Sendung erforderlich ist. Eine Weile schaute ich dort zu, bevor ich das Gebäude verließ. Vom Bahnhof aus rief ich zu Hause an und erzählte meiner Frau, was geschehen war. Sie konnte es ebenfalls nicht so recht fassen und schon gar nicht glauben, dass ich ein solches Glück gehabt und wider Erwarten das schier Unmögliche geschafft hatte. Sie freute sich mit mir und gratulierte mir durchs Telefon.

Rückfahrt mit Zuversicht

Während der Rückfahrt im Zug ließ ich den Tag in Gedanken noch einmal an mir vorüberziehen. Ich hatte es also tatsächlich geschafft. Egal, wie es nun weiterging, blamiert hatte ich mich jedenfalls nicht. Ich hatte den Herrschaften gezeigt, was in mir steckte. Zu Hause angekommen, musste ich meiner Frau alles noch einmal haarklein erzählen. Ich schärfte ihr ein, kein Wort darüber verlauten zu lassen. Auch mir fiel es sehr schwer, meinen Mitteilungsdrang zu zügeln. Ein solches Erlebnis hat man schließlich nicht alle Tage. Aber ich wusste, dass wir absolutes Stillschweigen bewahren mussten, sollte meine Wette auch nur die kleinste Chance haben, angenommen zu werden.

Gespannt wartete ich die folgenden Tage auf einen Anruf aus Mainz. Dieser kam schon drei Tage später. Beate Wink hatte Neuigkeiten. Herr Tadey hatte den in England sehr populären Profiartisten Terry Cole ausfindig gemacht und festgestellt, dass dieser inzwischen nicht mehr Inhaber des Weltrekordes war. Einem Kölner Artisten-Trio war es gelungen, den Weltrekord des Engländers mit 17 Kisten und 18 Sekunden zwischenzeitlich einzustellen. Als Gewicht waren bei diesem neuen Weltrekord wieder 15 Kilogramm angegeben. Jetzt wurde auch bekannt, dass es sich bei den Kisten um englische Milchkisten handelte, die in Größe und Gewicht identisch mit deutschen Punica-Fruchtsaftkisten sind, die von den Kölner Artisten für ihren Weltrekord verwendet wurden. Wie Frau Wink schilderte, gehen die drei Rheinländer in ihrem Balanceakt folgendermaßen vor: Der Mann, der die Balance ausführt, wird von beiden Helfern so lange unterstützt, bis der Kistenstapel sicher auf seinem Kinn aufsitzt. Beim Balanceakt selbst dürfen die Helfer nicht mehr eingreifen. Abschließend fragte sie mich, ob ich meinen Wettvorschlag noch aufrechterhalten wolle und bereit sei, einen neuerlichen Test in Mainz zu machen, und zwar jetzt einen Vergleichstest gegen die aktuellen Weltrekordinhaber dieser kuriosen Disziplin. Ich erklärte mich bereit zu kommen. Warum auch nicht, meine Chancen standen sicherlich nicht schlechter als beim ersten Mal. Im Gegenteil: Unter den gleichen Bedingungen wie meine Wettgegner - jetzt statt 28 Kilogramm nur noch 15 Kilogramm Gewicht - rechnete ich mir durchaus eine reelle Chance aus. Wir vereinbarten den 25. April 1985. Zwei Wochen nach meinem ersten Versuch sollte ich wieder nach Mainz kommen.

Jetzt galt es, ein paar Übungskisten zu besorgen. Da es damals die wohlschmeckenden Punica-Säfte nicht überall zu kaufen gab und diese auch nicht zu meinem Getränkevorrat zählten, musste ich schon einige Getränkehändler abklappern. Bei einem freundlichen EDEKA-Händler in der Nähe wurde ich dann fündig und kaufte mir vier Kisten. Meine Kinder freuten sich über die üppige Saftauswahl und beobachteten mit großen Kinderaugen, was der Papa mit den leeren Kisten trieb. Das Balancieren mit den paar wenigen dieser neuen Kisten funktionierte auf Anhieb. Sie waren geradezu eine Erholung für mein Kinn, da sie doch wesentlich leichter waren. Dennoch fragte ich mich, wie eine Balance mit siebzehn dieser leichten Kisten funktionieren, geschweige denn überhaupt klappen könne.

Noch einmal „hochstapeln"

Mein zweiter Trip nach Mainz stand bevor. Da ich schon immer etwas abergläubisch war, zog ich die gleichen Kleidungsstücke an wie auf meiner ersten Fahrt. Auch diesmal benutzte ich wieder den Zug. In Mainz stieg ich aus und fuhr mit dem Bus zum Sender. Heute kannte ich mich schon etwas besser aus. Wieder stand ich vor dem Schlagbaum. Da ich jetzt meinen Ausweis mithatte, war der Pförtner gleich etwas freundlicher. Wieder schickte ich ein kurzes Stoßgebet zum Himmel und bat den lieben Gott, mir wieder beizustehen. Schon stand ich vor der Tür zu Beate Winks Büro und klopfte an. Auf ihr „Herein" öffnete ich die Tür und sah flüchtig am Besuchertisch drei etwas schüchtern wirkende junge Männer sitzen. Doch sofort war Frau Wink aufgesprungen und drängte mich galant aus dem Raum. Eigentlich hatte sie vermeiden wollen, erklärte sie mir später, dass ich meine Gegner vor dem Test zu sehen bekomme. Sie öffnete die Tür eines Nebenzimmers und übergab mich einem Redakteur-Kollegen. Frau Wink erzählte rasch, dass die drei Kölner 20 Saftkisten mitgebracht hätten und den Test in der ZDF-eigenen Halle als erste versuchen sollten. Dann ging sie aus dem Büro und ließ uns allein.

Ich kam mit dem Redakteur schnell ins Gespräch. Er erzählte mir, dass er für die Außenwetten in jeder *Wetten dass..?*-Sendung zuständig sei. Das sind die Wetten, die irgendwo außerhalb der Halle im Freien ausgetragen werden. Er begleitete mich zur ZDF-Kantine und bat mich, dort zu warten. In zirka einer halben Stunde sollten meine Wettgegner ihren Versuch hinter sich gebracht haben, und dann wolle er mich wieder abholen. Leider durfte ich deshalb nicht dabei sein, damit ich ganz unbelastet meinen Versuch starten konnte.

Wie sich meine drei Wettgegner währenddessen jetzt wohl fühlten? Ob sie genauso nervös waren wie ich? Ich war gespannt, ob sie es schafften. Ob ich nachher wohl eine Chance hätte, mit zwei ungeübten Helfern an meiner Seite? Denn mir würde jemand helfen müssen, damit in etwa die gleichen Voraussetzungen geschaffen waren. Wie schleppend die Zeit vergeht, wenn man wartet. Ich sah auf die Uhr. Die halbe Stunde war schon längst vorbei. Nach einer Stunde wurde ich unruhig. Warum dauerte das so lange? War etwas schiefgegangen? Warum sagte mir denn niemand, was sich ereignet hatte? „So, wir können", meinte nach über einer Stunde der ZDF-Redakteur. Mehr war ihm nicht zu entlocken. Meine Versuche, ihn auszuhorchen, blieben erfolglos. Auch sein Gesicht ließ keine Deutung zu. Er spürte meine Nervosität und versuchte, mich aufzumuntern. Ich riss mich zusammen. „Es ist deine Chance", sagte ich mir, „nutze sie, eine solche Gelegenheit kriegst du nie wieder."

Da war auch schon die Halle. Dieses Mal keine Getränkehalle, sondern eine Halle auf dem ZDF-Gelände, wo verschiedene Sendungen produziert werden. Wie beim ersten Mal war Christian Tadey anwesend, dort hinten sah ich neben Beate Wink noch weitere Beobachter. Und da standen auch die Fruchtsaftkisten, die meine Konkurrenten mitgebracht hatten. Es waren diese roten, in diesem Moment furchterregenden Punica-Kisten. Kein Vergleich zum Gewicht einer Bierkiste oder einer normalen Saftkiste. Gerade mal 800 Gramm schwer, also noch nicht mal halb so schwer wie eine Bierkiste. Herr Tadey riss mich aus meinen Gedanken. „Dann wollen wir mal, Herr Schäuble", sagte er. „Seien Sie ganz locker, es wird schon schiefgehen." Der Mann hatte Nerven - ich allerdings auch. Deutlich spürte ich wieder das Kribbeln in der Magengegend. Man gab mir die letzten Instruktionen, und ich erfuhr nun, wer meine „Assistenten" sein werden. Herr Tadey wird mir von der Seite her beim Stapeln der Kisten behilflich sein, während der mir bereits bekannte ZDF-Redakteur, auf einer Hebebühne stehend, von oben her stabilisierend auf den Turm einwirken würde, bis ich diesen im Griff hätte. Ich sah, dass meine Kontrahenten einen Kinnschutz aus Schaumstoff an der Unterkante der untersten Kiste angebracht hatten. Auch ich durfte mit diesem Schutz an der untersten Kiste meinen ersten Versuch starten. Wir begannen mit dem Stapeln, bis der Turm die Höhe von fünf Metern erreicht hatte. Der Turm schwankte enorm, da ihn das Eigengewicht der Kisten nicht fest genug zusammengefügt hatte. Er erschien mir heute wackliger und war mit über fünf Metern auch wesentlich höher als der Kistenturm beim ersten Test. Dafür aber nur 15 Kilogramm „leicht". Ich wollte es hinter mich bringen. Ich ging in die Hocke und stemmte den Turm langsam mit Hilfe meiner „Assistenten" mit beiden Armen in die Höhe. Der Turm schien mir sehr schwankend. Ich wunderte mich, dass er noch nicht zusammengefallen war. Vorsichtig setzte ich ihn auf meinem Kinn auf. Und schon war es passiert! Kaum die Hände von der untersten Kiste losgelassen, fiel der Kistenturm mit lautem Getöse in sich zusammen. Wir konnten gerade noch zur Seite springen.

Nach dem ersten Schrecken wird mir klar: Es ist der Schaumgummiwulst, der mich stört. Er nimmt mir jegliches Kontaktgefühl für die Balance. Wir kamen überein, es ohne den Wulst noch einmal zu versuchen. Herr Tadey zeigte Bedenken, da die Kante ohne diesen Schutz sehr scharf ist, und warnte mich vor der Gefahr einer Verletzung. Ich sah jedoch darin meine einzige Chance, und schließlich gab er nach.

Nächster Versuch. Wir nahmen einfach eine andere Kiste als unterste und begannen wieder mit dem Stapeln. O Mann, wie dieser Turm schwankte. Ich konzentrierte mich nun voll auf den Turm. „Ich pack dich, du", dachte ich, „jetzt oder nie." Wieder ging ich in die Hocke. Mit beiden Händen griff ich mir die unterste Kiste. Kerzengerade stemmte ich dieses wackelnde Gebilde nach oben, anfangs noch mit Unterstützung meiner beiden Helfer. Die letzten Zentimeter auf dem Weg nach oben hatte ich den Kistenturm allein in den Händen. Er schwankte stark, aber es gelang mir, ihn stabil in beiden Händen zu halten. Nun hatte ich ihn unter Kontrolle. Wie in Trance setzte ich die unterste Kiste auf meinem Kinn ab. Ich richtete sie auf den Punkt genau aus und ließ langsam die Hände sinken. Er stand. Der Turm stand auf meinem Kinn wie eine Eins. Nur ruhig jetzt, volle Konzentration. Ich verlor jedes Gefühl für die Zeit, schaute nur gebannt nach oben, als ob ich den Kistenturm mit meinem Blick zusammenhalten könnte. Mit ausgestreckten Armen glich ich die Schwankungen aus. Als dann wieder jemand anfing, die Zeit auszurufen, dachte ich zuerst, ich hätte mich verhört. „30 Sekunden", hörte ich eine Stimme aufgeregt sagen, „weiter, weiter." Das gibt's doch nicht, denke ich, doch da ist die Stimme wieder, alle fünf Sekunden jetzt: „45 Sekunden, 50, nur nicht nachlassen." Der hat gut reden, denke ich. Die Kante der untersten Kiste drückte mir inzwischen empfindlich auf den Unterkiefer, doch ein unbändiger Wille ließ mich jetzt durchhalten. Noch immer hatte ich den Turm gut unter Kontrolle. Nun hörte ich Herrn Tadeys Stimme: „55 Sekunden, aushalten, Herr Schäuble, noch fünf Sekunden aushalten." Ich riss mich zusammen, mein Herz schlug wie ein Schmiedehammer, die Schmerzen am Unterkiefer und im Genick waren kaum noch zu ertragen. Wieder Herr Tadeys Stimme: „Auf geht's, nur noch fünf Sekunden durchhalten." Mit letzter Kraft gelang es mir, den Kistenturm noch ein paar Sekunden oben zu halten, bevor er kippte und die Kisten mit voller Wucht auf den harten Hallenboden knallten. Ich war kaum noch bei mir. Ausgepumpt und völlig fertig, wie ich war, drangen die Bravorufe und der Applaus der Umstehenden erst nach einer ganzen Weile zu mir durch. Die Anwesenden waren völlig aus dem Häuschen. Ich erfuhr, dass ich es 65 Sekunden lang geschafft habe, den Turm zu balancieren. Die ehrliche, spontane Begeisterung aller Anwesenden tat gut, obwohl ich meinen

Kopf erst nach ein paar Minuten wieder bewegen konnte. Als ich wieder klar denken konnte, kam ein Glücksgefühl in mir auf. Was man nicht alles kann, wenn man will! Aber warum haben sie mich so lange hochgepuscht? Warum 65 Sekunden? Erst viel später erfuhr ich den Grund: Auch meine Gegner hatten einen guten Tag erwischt und ihren Turm 60 Sekunden lang oben halten können. Kein Mensch hatte mir danach auch nur die geringste Chance zugestanden. Ein Segen, dass ich davon nichts ahnte, bevor ich meinen Test startete. Nie hätte ich gedacht, dass Wettkandidaten so konsequent vom ZDF getestet werden.

Ich bin dabei!

Die große Überraschung stand bevor. Herr Tadey eröffnete mir: „Sie sind bei der nächsten *Wetten dass..?*-Sendung dabei!", vorausgesetzt, das Kölner Artisten-Trio nähme meine Herausforderung an. Er wollte das sofort feststellen. Ich sah ihn davoneilen und war sprachlos. Ich - live in einer *Wetten dass..?*-Sendung und nicht im Publikum mit Eintrittskarte, sondern als Wettkandidat? Das konnte doch nicht wahr sein. Aber die Begeisterung der Umstehenden war greifbar. Ich würde tatsächlich dabei sein dürfen. Für Sekunden schoss mein Adrenalin in die Höhe und die Glückshormone spielten verrückt. Mich überfiel die Unsicherheit, ob es Märchen oder Wirklichkeit ist. Aus meinem Übermut, einfach eine völlig überzogene Wette zu formulieren, war nun der gefragte Mut geworden, es jetzt auch durchzuziehen.

Der ZDF-Redakteur begleitete mich zurück in sein Büro, wo nach einer halben Stunde auch Herr Tadey wieder erschien. Noch immer sah man ihm seine Begeisterung an. „Die Sache ist gemacht", sagte er aufgeräumt, „die Kölner Artisten machen mit." Damit ich die gleichen Chancen hatte, bat er mich, mir noch zwei Assistenten zu beschaffen, mit denen ich die Nummer dann am 18. Mai 1985 in Saarbrücken ausführen sollte. Über alles Weitere wollte er mich schriftlich oder telefonisch informieren. Unsere Anreise sollte am 15. Mai, also in gerade mal in knapp drei Wochen sein.

Damit war ich verabschiedet. Nachdem ich die obligatorischen Formalitäten erledigt hatte, rief Beate Wink den ZDF-Fuhrpark an und bestellte einen Wagen, der mich zum Bahnhof bringen sollte. Leichte Genugtuung kam in mir auf, wenn ich an meinen ersten Besuch beim Sender dachte. Ein paar Wochen war das nur her. Damals scherte sich kein Mensch darum, wie ich nach meinem ersten Test zum Bahnhof kam.

Stillschweigen trotz Mitteilungsdrang

Am Bahnhof angekommen, fuhr mein Zug gerade ein. So blieb mir nicht einmal die Zeit, meine Frau anzurufen. Wie geschickt wäre jetzt ein Handy gewesen. Ein solches gab es jedoch damals noch nicht. Während der Fahrt machte ich mir Gedanken, wie es nun weitergehen würde. Man hatte mir nochmals strengste Geheimhaltung eingeschärft. Sollte vor der Sendung auch nur irgendetwas durchsickern, wäre die Wette geplatzt und man würde keinen Gebrauch mehr davon machen können. Grundsätzlich müssen Wettkandidaten Stillschweigen bis zur Sendung wahren und dürfen nur das engste Umfeld einweihen. Aber außer meiner Frau musste ich doch mindestens noch zwei Leute ins Vertrauen ziehen, nämlich meine späteren Assistenten. Wen sollte ich

40

da nur auswählen, damit die Geheimhaltung gewahrt blieb und es später nicht zu Eifersüchteleien zwischen berücksichtigten und nicht berücksichtigten Freunden kam? Schließlich entschied ich, dass ich wegen der Geheimhaltung niemanden aus meinem Wohnort fragen würde. Ich zerbrach mir weiter den Kopf.

Da fiel mir mein Schwager Karl-Heinz ein. Das war gut, das würde hinhauen, denn Charly, wie er genannt wird, war kräftig gebaut und ein Mann, den so schnell nichts aus der Fassung bringt. Außerdem war er der ideale Ruhepol zu meinem Temperament. Klar, wenn es irgendwie ginge, sollte Charly dabei sein. Aber wer noch? Nach langem Grübeln fiel mir Hartmut ein, ein Freund aus Kinder- und Jugendtagen. Ich hatte zwar in den letzten Jahren ein wenig den Kontakt zu ihm verloren, aber wenn er sich inzwischen nicht allzu sehr verändert hatte, würde er der ideale Mann für unser Dreigespann abgeben.

Suche nach Assistenten

Außerdem hatte Hartmut mit Charly festen Kontakt. Was nicht zuletzt den Ausschlag gab: Hartmut war bei Schwabenbräu als Bezirksleiter beschäftigt und würde eventuell die Möglichkeit haben, für unser Training die Getränkehalle seiner Brauerei zu organisieren. Denn auch das hatte mir schon Kopfzerbrechen bereitet: Eine Halle brauchten wir, der Geheimhaltung wegen und auch wegen der Witterungsbedingungen. Also war er in allen Belangen der richtige dritte Mann. Nun musste ich nur noch feststellen, ob die beiden auch mitmachen würden. Während ich nachgedacht hatte, war der Zug inzwischen in Stuttgart angekommen, und ich fuhr mit dem PKW nach Hause. Meine Frau, die von all dem ja noch nichts ahnte, fiel aus allen Wolken, als ich ihr erzählte, dass ich auch den zweiten Test gemeistert und schon einen festen Termin für meinen Fernsehauftritt hatte. Meinen Auftritt, wie sich das anhörte. Wir unterhielten uns noch lange über das Ganze; sie stimmte mir zu, dass keine Partner besser passen würden als Charly und Hartmut. Ohne weiteres Zögern rief ich Charly an, den ich in die Sache einweihte. Nachdem er meine Geschichte verdaut hatte, sagte er spontan seine Teilnahme zu. Wir kamen überein, dass er mich gemeinsam mit Hartmut besuchen sollte, ohne diesen vorerst aufzuklären. Ich hatte ihn lange nicht mehr gesehen und würde ihn erst ein wenig beschnuppern müssen. Hartmut, der erstaunt war, nach längerer Zeit etwas von mir zu hören, sagte seinen Besuch zu, nachdem Charly ihm verraten hatte, dass ich ihm etwas Wichtiges mitzuteilen habe.

Als die beiden dann bei mir zu Hause eintrafen, stellte ich fest, dass Charly dicht gehalten hatte. Hartmut war tatsächlich völlig ahnungslos. Nachdem ich ihm eine Weile auf den Zahn gefühlt und Kindheits- und Jugenderinnerungen mit ihm ausgetauscht hatte, war die alte Vertrautheit der Jugend wieder da. Wir hatten viele Jahre zusammen Fußball gespielt. Gemeinsam organisierten wir Faschingsveranstaltungen und traten lange als Akteure beim bunten Programm auf. Waren also schon in Jugendtagen gut aufeinander eingespielt. Nun kam der geeignete Moment. Ich fing an, meine Geschichte zu erzählen. Wie ich nicht anders erwartet hatte, brauchte Hartmut eine Weile, um die Sache zu verdauen. Doch dann war er mit Feuereifer dabei. Ich schärfte beiden nochmals eindringlich strikte Geheimhaltung ein. Wir einigten uns darauf, umgehend mit dem Training zu beginnen. Schließlich hatten wir keine Zeit zu verlieren, da knapp drei Wochen später schon die Sendung ausgestrahlt werden würde. Hartmut versprach, dafür zu sorgen, dass wir die Getränkehalle seiner Brauerei benutzen konnten. Die leeren Fruchtsaftkisten, die wir für unser Training benötigten, wollte das ZDF für uns organisieren. Sie kamen dann auch drei Tage später. Ein vom ZDF beauftragter Getränkegroßhändler ließ von einem Mitarbeiter 20 der betreffenden roten Kisten anliefern. 20 Kisten, in denen sich leere Flaschen befanden. Unabhängig davon, dass der Zulieferer über diese seltsame Leergut-Fracht an einen Privathaushalt doch sehr verwundert war, hatte ich nun auch noch 120 leere Flaschen zu Hause stehen. Am Sonntag fuhr ich früh zum ersten Training los und holte unterwegs Hartmut und Charly ab. Gemeinsam suchten wir die Brauereihalle auf, wo wir trainieren wollten.

Der erste Fehlschlag erwartete uns. Es war nämlich kein Mensch da. Die von Hartmut organisierte Halle war fest verschlossen. Der Hausmeister musste uns wohl vergessen haben. Was nun? Ich reagierte erst einmal ziemlich sauer. „Ich denke, du hast das geregelt", fauchte ich Hartmut an, „wo ist denn nun der Hausmeister, wo sind die Schlüssel zur Halle?" Die beiden Freunde versuchten, mich zu beruhigen. Hartmut dachte angestrengt nach. „Ich hab's", sagte er schließlich, „mein Schwager hat ein paar Kilometer weiter eine Halle, er ist Spezialist im Kunststeinhandwerk und verfügt über Gebäude und Gelände." Wir fuhren also ein paar Kilometer weiter. Bei unserer Ankunft erlebten wir jedoch die nächste Überraschung: Die Halle war viel zu niedrig. Wir würden gerade mal mit fünf Kisten den Balanceakt üben können, geschweige denn mit 17. Auch hätten wir keinerlei Bewegungsfreiheit gehabt, da die in der Halle befindlichen Maschinen fest montiert waren und nicht zur Seite geräumt werden konnten.

Improvisation ist alles

Nun waren wir mit unserem Latein am Ende. Ratlos standen wir herum: Was sollten wir nur tun? Wir wollten doch nicht unverrichteter Dinge zurückfahren. Hartmut war es schließlich, der vorschlug, dass wir es doch einmal im Freien versuchen sollten. Sicher, die Bedingungen waren ungleich schwerer, aber eigentlich hatten wir keine andere Wahl. Aber woher sollten wir eine Hebebühne nehmen, um den Turm aufbauen zu können? Wir stöberten ein wenig und fanden schließlich zwei höhenverstellbare Eisenböcke. Diese stellten wir auf die maximale Höhe ein, legten zwei breite Bretter quer, und fertig war eine recht wacklige Bühne. Dieses Provisorium war nicht höher als zwei Meter, so dass es für Hartmut unmöglich geworden war, den Turm so zu stapeln, wie man das gemeinhin macht, nämlich Kiste auf Kiste aufeinander. Bis die Höhe von fünf Metern erreicht ist. Aber auch da fanden wir eine Lösung. Ich hob den Stapel ab der vierten Kiste immer wieder in die Höhe, so dass man jeweils unten eine Kiste einfügen konnte. So wuchs unser Turm allmählich von unten nach oben. Das war für mich nun wieder Kleinarbeit, da ich den allmählich anwachsenden Turm immer wieder anheben musste, um das Einfügen einer neuen Kiste zu ermöglichen. Außerdem hatten wir das Wetter gegen uns. Es ging an diesem Tag ein leichter Wind, der unseren Kistenturm immer wieder zum Einsturz brachte, bevor wir auch nur den Balanceakt probieren konnten. Ein paar ungebetene Zuschauer hatten wir inzwischen auch be-kommen. Hartmut beantwortete die neugierigen Fragen damit, dass wir uns als Artisten des Zirkus ausgaben, der wirklich zu dieser Zeit zufällig in der Nähe gastierte.

Nachdem wir unser Training an zwei Sonntagen jeweils eine Stunde lang durchgeführt hatten, waren wir gut aufeinander eingespielt. Nach jedem Versuch wurden wir sicherer. Sogar einen Versuch mit 19 Kisten hatten wir geschafft. Das rich-tige Stapeln war der halbe Erfolg. Das hatten wir mittlerweile gelernt, aus der Not eine Tugend gemacht und uns an die provisorische Bühne gewöhnt.

Alles im Griff

Das letzte Training im Freien. Der Kistenturm wurde immer höher und Neugierige glaubten an eine Zirkusnummer.

Die folgende Woche nutzten wir, um unsere Vorbereitungen zu treffen. Zunächst musste unser Urlaub genehmigt werden. Ich hatte meinen Chef streng vertraulich in die Sache eingeweiht, worauf mein Urlaub ohne das sonst übliche Knurren genehmigt wurde. Er versprach, vor der Sendung kein Wort über den Anlass meines Urlaubs zu verlieren. Charly, der im Außendienst einer Baustoffhandlung tätig war, bekam ebenfalls ohne Schwierigkeiten seinen Urlaub bewilligt. Nur Hartmut hatte ziemliche Probleme. Als Repräsentant einer Brauerei musste er gerade zu dieser Zeit verstärkt eingesetzt werden, da im Mai die Saison mit vielen Bierfesten begann.

Zwischenzeitlich hatte ich aus Mainz die Unterlagen zur bevorstehenden Sendung erhalten, die eine Unmenge interessanter Informationen erhielt. Da war z. B. die Teilnehmerliste, der wir entnahmen, dass die Wettpatenbesetzung recht attraktiv war. Dabei sein sollten: Freddy Quinn, der damalige Klassiker unter den Sängern und Schauspielern, Friedrich Nowottny, der bekannte Berichterstatter aus Bonn und spätere Intendant des WDR und Hannelore Elsner, eine noch heute sehr beliebte und gefragte Schauspielerin. Am meisten freuten wir uns aber darüber, dass der damalige Fußballnationalspieler Pierre Littbarski teilnehmen sollte. Wir hofften, dass er unser Wettpate sein würde, da unsere Wette doch eine durchaus sportliche Note hatte. Welche Wettvorschläge außer dem unseren noch zum Zuge kommen sollten, darüber gab es keinerlei Informationen. Die Namen der anderen Wettkandidaten sagten uns natürlich nichts. Mit der beiliegenden Einladung hatten wir nun die endgültige Gewissheit, dass wir tatsächlich in Saarbrücken dabei sein würden. Aus der Einladung ging hervor, dass wir im Hotel Kiwit untergebracht sein würden. Dort sollten wir am 15. Mai, drei Tage vor der Sendung, anreisen und würden am selben Tag um 14 Uhr in der Saarlandhalle erwartet. Da man uns nicht mitgeteilt hatte, wie wir uns für unseren Auftritt kleiden sollten, rief ich bei der zuständigen Kostümberatung an. Dort riet man uns, möglichst sportlich-legere Kleidung anzuziehen. Es war nicht vorgesehen, uns eine Entschädigung für die Anschaffung einheitlicher Kleidung zu zahlen. Also stöberten wir in unseren Kleiderschränken nach vorhandenen Klamotten. Wir würden eben jeder etwas anderes anhaben, denn wir hatten beschlossen, uns nicht speziell für die Sendung neue Kleidung zu kaufen.

Zwei Tage vor unserer Abreise sprach ich noch mal mit Beate Wink und bat sie, für die Sendung neue Fruchtsaftkisten beschaffen zu lassen. Unsere Übungskisten konnten wir nicht mehr gebrauchen, da sie inzwischen durch das Üben sehr lädiert waren.

Der Mai (1985) ist gekommen

Der 15. Mai und damit der Tag unserer Abreise nach Saarbrücken war gekommen. Eine Reise in ein ungewisses Abenteuer voller Spannung und Anspannung erwartete uns. Während der Fahrt machten wir nach einer Stunde eine Kaffeepause in einer Autobahnraststätte. Am Kiosk holte ich mir eine BILD-Zeitung und stellte überrascht fest, dass dort schon über „unsere" anstehende Sendung berichtet wurde. Man informierte die Leser, dass die Rocklady Nena, die neben Howard Carpendale und Matt Bianco den Showteil bestreiten sollte, an Windpocken erkrankt sei. Aus 99 Luftballons wurden wohl 99 Pocken. Statt Nena sollte das Popduo „Modern Talking" auftreten, das damals noch am Beginn seiner großen Karriere stand. Es berührte uns schon seltsam, diesen Artikel zu lesen mit dem Wissen, dass wir bei dieser Sendung selbst dabei sein würden.

Nach dieser Rast setzten wir unsere Fahrt fort. In Saarbrücken angekommen, wo wir uns alle drei nicht auskannten, gelangen wir unter Mitnahme sämtlicher Kreisverkehrsstrecken schließlich doch noch am Hotel an. Wir waren angenehm überrascht, da das Hotel auf uns einen guten Eindruck machte. Es lag sehr schön auf einer Anhöhe mit Blick über Saarbrücken. An der Rezeption erfuhren wir, dass das ZDF drei Doppelzimmer gebucht hatte, da unsere Ehefrauen am folgenden Samstag, dem Tag der Sendung, ebenfalls eintreffen sollten. Ein Zimmermädchen führte uns auf unsere Zimmer, wo wir uns etwas frisch machen konnten. Später trafen wir uns vor der Rezeption wieder, um gemeinsam nach Frau Schilling Ausschau zu halten, der Dame, die während unseres Aufenthaltes in Saarbrücken unsere Betreuung übernehmen würde. Außer dem Namen wussten wir nichts von ihr. Wie alt sie war und wie sie aussah, konnten wir nur vermuten. Hartmut meinte jedoch ahnungsvoll, dass man wohl kaum eine hübsche junge Dame mit einem so heiklen Job beauftragen würde. Neugierig warteten wir auf unseren „Zerberus". Wenig später kam eine Dame auf unsere Gruppe zu, die uns freundlich begrüßte und sich als Frau Schilling vorstellte. Sie mochte so um die 60 gewesen sein und machte einen sehr netten, aber auch bestimmenden Eindruck. Wir hatten das etwas unbehagliche Gefühl, dass diese Dame ihrer Aufgabe durchaus gewachsen war. Die Mischung aus Herzlichkeit und Lebenserfahrung machte sie zu einem interessanten Gesprächspartner. Nachdem sie uns gebeten hatte, um 13 Uhr zur Abfahrt in die Saarlandhalle bereit zu sein, verschwand sie, um zu sehen, ob die anderen Kandidaten ebenfalls schon im Hotel eingetroffen waren.

Vielsagend blickten wir uns an. Das konnte ja heiter werden. Es schien fraglich, ob es uns gelingen würde, dem Kommando der Dame zwischendurch zu entwischen und auf eigene Faust etwas zu unternehmen. Da am nächsten Tag Vatertag war, beschlossen wir, es auf jeden Fall zu versuchen. Schließlich konnte sie nicht rund um die Uhr auf uns aufpassen. Da tauchte sie schon wieder auf - allein. Vermutlich befanden sich die anderen Kandidaten bereits in der Saarlandhalle. Also verließen wir das Hotel und stiegen in den bereitstehenden Bus. Während der Fahrt überschütteten wir Frau Schilling mit neugierigen Fragen, die sie bereitwillig beantwortete. Ob die Stars ebenfalls in unserem Hotel wohnten? „Nein", sagte sie, „die sind in einem Hotel in der City untergebracht." Ob wir Frank Elstner heute schon begegnen würden? „Natürlich", antwortete sie, „er wird da sein, denn heute wird ja der Trailer aufgezeichnet." Bevor ich fragen konnte, was ein Trailer ist, wollte Charly wissen, ob man in der Saarlandhalle bei den Proben fotografieren dürfe. Er ist ein leidenschaftlicher Hobbyfotograf und hatte selbstverständlich auch hier seine Spiegelreflexkamera dabei. Frau Schilling meinte, dass wohl niemand etwas dagegen habe.

Interessiert erkundigte ich mich nach der Größe der Saarland-Halle und wurde bereitwillig darüber aufgeklärt. Überrascht stellten wir fest, wie schnell wir uns mit Frau Schilling angefreundet hatten. Sie hatte uns im Nu in anregende Gespräche verwickelt und uns so die leichte Scheu genommen, die wir bei ihrem Eintreffen verspürt hatten. Wie wir in den nächsten Tagen noch feststellen konnten, war sie eine sehr vielseitige und aufmerksame Gesprächspartnerin. Sie kümmerte sich um uns wie eine Henne um ihre Küken und sorgte dafür, dass keiner aus der Reihe tanzte.

Es war ihr Job, dafür Sorge zu tragen, dass es von Seiten der Kandidaten keine Pannen und Schwierigkeiten geben würde, bis die Sendung vorüber war. Ernst, jedoch immer freundlich erklärte sie uns, dass eine solche Live-Sendung ablaufen müsse wie ein Uhrwerk. Jeder Beteiligte muss seine Aufgabe, und sei sie noch so klein, gewissenhaft erledigen, denn Pannen in einer Live-Sendung können nicht herausgeschnitten oder korrigiert werden. Wie oft erlebt man als Zuschauer, dass eine Live-Sendung ein Wettlauf gegen die Zeit ist, erlebt Pannen wie ein Mikrofon, das versagt, oder auch einen Gesprächspartner, der Interessantes zu erzählen hat, aber nicht zu lange reden darf, weil der Zeitplan sonst nicht mehr stimmt. In einem solchen Fall die Sendung trotzdem souverän zu Ende zu bringen und keine Hektik aufkommen zu lassen, ist für den Moderator sowie für sein Team ein weiteres wichtiges Gebot.

Gebannt lauschten wir, während uns der Bus der Halle näher brachte. Als er hielt, gab Frau Schilling uns den Tagesplan und sagte uns, dass wir an diesem Tag ebenfalls schon in die Probe einbezogen werden sollten. Während der Fahrt hatte sich unsere Nervosität etwas gelegt, doch jetzt war sie blitzartig wieder da. Wir stiegen aus, und Frau Schilling führte uns zum Hintereingang eines riesigen Gebäudekomplexes, der Saarlandhalle, in der wir die nächsten drei Tage ein- und ausgehen sollten. Der Hintereingang der Halle war bewacht und wurde bei solchen Gelegenheiten nur von den Mitwirkenden an der zu produzierenden Sendung und den Angehörigen des ZDF benutzt. Frau Schilling brachte uns durch die Kontrolle. Am folgenden Tag bekamen wir Ausweise, die uns freien Zugang in die Halle verschaffen würden.

Kennenlernen der Kandidaten

Unsere Betreuerin stellte uns dem Aufnahmeleiter und verschiedenen anderen Leuten vor, mit denen wir in den nächsten Tagen zu tun haben sollten. Beate Wink und Christian Tadey waren ebenfalls bereits anwesend. Ich stellte ihnen meine Freunde vor, die wie ich von der ungezwungenen, lockeren Atmosphäre beeindruckt waren. Im Nu war man mit einigen Leuten sogar per Du, und nach kurzer Zeit fühlten wir uns schon als Teil des Teams. Mein neugieriger Blick fiel auf eine halboffene Tür. Dort sah ich unsere Fruchtsaftkisten stehen. Sie waren also bereits eingetroffen, so dass unserem Balanceakt nichts mehr im Wege stand. Etwas entfernt stand eine Gruppe Leute, die Frau Schilling uns als die anderen Wettkandidaten vorstellte. Eine hübsche junge Dame stellte sich als Barbara Bauditz vor. Auf unsere Frage, welche Wette sie vortragen werde, antwortete sie unbefangen, dass sie die Absicht habe, aus hundert Schokoladensorten fünf herauszuschmecken und zu benennen. Wir musterten etwas ungläubig das schlanke, grazile Persönchen vor uns. Unvorstellbar, dass sie bergeweise Schokolade futterte. Denn das musste sie ja zu Übungszwecken. Wir waren sehr gespannt auf ihre Wette. Barbara, wohl gerade mal 50 Kilogramm leicht, wirkte eher wie eine Jungpädagogin, die auch auf Schüler Eindruck gemacht hätte. Gerade mal 20 Jahre jung managte sie gemeinsam mit ihrem Vater ein Unternehmen für Landschafts- und Gartenbau. Wie sie in diesem Metier auf Schokolade kam, das weiß wohl nur der Gärtner...

Auch die drei Herren neben Barbara sprachen wir an. Sie kamen aus Luzern in der Schweiz, waren etwa wie wir um die dreißig und erzählten auf unsere Frage nach ihrem Wettvorschlag, dass sie versuchen würden, mit einem fernlenkbaren Spielzeugauto einen Zwei-Tonnen-Geländewagen von der Stelle zu schieben. Auch diese Wette schien uns sehr interessant, und wir waren gespannt, wie sie funktionierte. Nun wurden wir von den anderen nach unserer Wette gefragt. Schlagfertig wie immer antwortete Hartmut für uns, dass wir mit einem Geländewagen über hundert Tafeln Schokolade fahren könnten, ohne dass eine einzige zerbräche. Damit wollte er Barbara ein wenig auf die Schippe nehmen und mixte kurzerhand die Wettformulierung von Barbara mit der der Schweizer. Natürlich glaubte ihm das keiner, und im darauffolgenden Gelächter brach der Bann endgültig. Nunmehr erklärte ich unsere wirkliche Wette, die bei unseren „Kollegen" ebenfalls Eindruck zu machen schien. Wir alle waren auf die Proben gespannt. Doch dann fiel uns auf, dass bisher nur drei Wetten genannt worden waren. Wo war die vierte? Wir fragten Frau Schilling danach, und diese führte uns zu einem Podest in der Mitte des Bühnenraumes.

Was ist ein Trailer?

Dort war ein Modellschiff aufgebaut worden, und wir erfuhren, dass dieses Modell für die Aufzeichnung des Trailers bereitstünde und die vierte Wette versinnbildlichen sollte. Jetzt hatte ich Gelegenheit zu fragen, was ein Trailer sei. Frau Schilling klärte uns auf: „Vor jeder *Wetten dass..?*-Sendung werde ein Werbespot produziert, mit dem der Moderator auf die bevorstehende Sendung hinweist und die Zuschauer auf die Wettvorschläge neugierig macht. Dieser Spot, genannt Trailer, werde dann an zwei oder drei Tagen vor der Sendung jeweils um 19.00 Uhr im ZDF ausgestrahlt." Nun sollte der Trailer zu „unserer" Sendung produziert werden und wir waren hautnah dabei.

Die vierte Wette kam von einem Hamburger Hochseeschlepper-Kapitän, der gewettet hatte, dass er mit seinem Hochseeschlepper im Hamburger Hafen eine Briefmarke abstempeln wolle, die an der Pier angebracht ist. Diese Wette sollte das Zugpferd für die kommende Sendung sein - daher das Schiffsmodell. Frau Schilling führte uns dorthin, wo später das Publikum sitzen würde, und wir konnten so das Geschehen direkt verfolgen. Anscheinend war Frank Elstner noch nicht eingetroffen. Doch, soeben kam er herein. Ganz lässig, in Jeans und Pullover, kam er auf uns zu. Locker wandte er sich zunächst an unsere Frau Schilling, die uns dann miteinander bekannt machte. Er begrüßte zuerst die drei Schweizer freundlich und wechselte einige Worte mit ihnen, dann wandte er sich an uns. Er gab jedem die Hand und erzählte, dass er sich auf alle Wetten freue, obwohl er bisher noch keine Gelegenheit gehabt hätte, sich ein genaues Bild davon zu machen. Ob uns unsere Wette Spaß mache, wollte er wissen? Verlegen und etwas gehemmt wegen unseres berühmten Gegenübers stotterten wir eine Antwort. Von Hartmuts Schlagfertigkeit war auch nichts mehr zu spüren. Frank bemerkte wohl unsere Unsicherheit und ließ uns Zeit.

Er wandte sich an Barbara, deren Ausstrahlung es ihm offensichtlich angetan hatte. Ihre Schokoladenwette erforderte geradezu, dass sie sich von ihrer Schokoladenseite zeigte. Frank war sichtlich angetan und lud sie zu einem Drink in das Hallenrestaurant ein. Dort gesellte sich zu den beiden auch ein bärtiger Typ Marke Seemann. Auch von diesem Mann hatte Frau Schilling uns schon Interessantes erzählt. Sein Name sei Alexander Arnz. Er sei ein sehr erfolgreicher Regisseur und seit den Anfängen von *Wetten dass..?* beim Team. Vorher habe er schon über 70 Montagsmaler-Sendungen mit Frank Elstner gemacht. Sascha, wie er von Frank und dem ZDF-Team gerufen wird, war ein sympathischer Mensch Mitte 50, immer gut gelaunt, und strahlte eine wohltuende Ruhe aus. Dieser graubärtige und wohlgenährte *Wetten dass..?*-Macher gab Frank Elstner nun die Regieanweisungen. Nach einer Mikrofon-Probe und dem O.K. der Beleuchter begann die Aufzeichnung des Trailers. Mindestens fünfmal korrigierte Frank Elstner seine Formulierungen, die im genauen Wortlaut sicher nicht von vornherein festgelegt sind. Da das Ganze ungezwungen und locker wirken sollte, wurde bei dieser Szene viel improvisiert und Franks Haltung immer wieder korrigiert. Mal fand der Regisseur an Franks Kopfhaltung was auszusetzen, da sein Gesicht im Schatten lag - das andere Mal hatte er das Modell etwas verdeckt. Es schien endlos zu dauern, bis endlich ein zufriedenes Kopfnicken von Alexander Arnz andeutete, dass der Trailer endlich im Kasten war. Bereitwillig griff Frank Elstner alle Anregungen der Regie auf. Man merkte, dass ein eingespieltes Team bei der Arbeit war.

Modern Talking, Howard Carpendale und Co.

Endlich war der Spot fertig. Er würde bereits am gleichen Abend zwei Minuten lang ausgestrahlt werden. Wir wandten unsere Aufmerksamkeit der Showbühne zu, wo nun die Probe zum Showblock begann. Die erste Kulisse war schon aufgebaut, denn das Duo „Modern Talking" sollte seinen neuesten Titel einstudieren. Die beiden jungen Sänger, Dieter Bohlen und Thomas Anders, waren zu dieser Zeit schon durch ihren Hit „You are my heart, you are my soul" bekannt. Ihr Auftritt in der Sendung sollte für sie jedoch eine wichtige Stufe auf dem Weg zu einer riesigen Karriere werden. Aus den Lautsprechern ertönte ihr neuer Song „You can win, if you want", während die beiden mit Gitarre und E-Bord ihren Auftritt probten. Dieter Bohlen, der heutige unerbittliche Casting-Guru, der Möchtegern-Superstars mit seinen Sprüchen kräftig einschenkt, wirkte auf uns als der etwas arrogante Mittelpunkt dieses Duos. Ob er jemals selbst mit seiner Stimme ein Casting überlebt hätte, würde heute wohl nur Thomas Anders bewerten können, der damals ganz offensichtlich der sympathischere Teil dieses Duos war. Auch sie wurden von der Regie laufend unterbrochen und korrigiert. Erstaunt stellten wir fest, dass auch der Künstlerberuf mit harter Arbeit verbunden zu sein scheint.

Selbst einem Star wie Howard Carpendale erging es da nicht anders. Auch er wurde von Alexander Arnz immer wieder korrigiert und belehrt, bis dieser endlich zufrieden war. Natürlich waren wir neugierig darauf, was für ein Typ Howard Carpendale war. Es gelang uns jedoch nicht, mit ihm ins Gespräch zu kommen - er wirkte eitel, kühl und unnahbar. Ich hatte jedoch den Eindruck, dass sein Verhalten eine Art Panzer ist, mit dem er sich umgibt. Vermutlich verbirgt sich dahinter ein äußerst sensibler Mensch, der auf diese Art den Rummel um seine Person abfängt. Zu den Proben hatte er seine Lebensgefährtin mitgebracht, die neben uns in den bei den Proben noch leeren Zuschauerreihen ausharrte, bis ihr Howy seine Arbeit beendet hatte. Die Kulisse zu seinem Titel „Shine on - der Regen von New York" war eine riesige Stahlrohrattrappe. Als Hintergrund waren die Freiheitsstatue von New York und die Konturen der Manhattan-Wolkenkratzer zu sehen. Diese Kulissen sind echte Meisterwerke der Technik, wie sie nur dem ZDF gelingen. Da das Poptrio Matt Bianco erst am folgenden Tag eintreffen sollte, waren die Künstlerproben nunmehr beendet, und wir beschlossen, uns ein wenig hinter den Kulissen umzuschauen. Die *Wetten dass..?*-Kulissen waren schon an den vergangenen Tagen von fleißigen Händen aufgebaut worden. Gewaltige, leinwandbespannte Wände, befestigt und stabilisiert mit tonnenschweren Gewichten, bildeten den Hintergrund dieser Kulisse, die aus drei Teilen bestand. Der linke Bereich ist für den Showblock vorgesehen. Da jeder Star eine andere Kulisse für seinen Auftritt hat, müssen die Bühnenarbeiter während der Sendung in Minutenschnelle die Ab- und Umbauten vornehmen. Im mittleren Bereich befindet sich die Talk-Runde, bestehend aus den prominenten Wettpaten. Der rechte Teil der Kulisse ist die Wettarena - zumindest für jene Wetten, die in der Halle ausgetragen werden können. In fast jeder *Wetten dass..?*-Sendung gibt es eine Außenwette, die man in der Halle über zahlreiche Monitore verfolgen kann.

Da wir laut Tagesplan noch ein wenig Zeit hatten, beschlossen wir, uns noch etwas umzusehen. Uns interessierte brennend, was es sonst noch hinter den Kulissen zu sehen gab. Unser Ausflug nach „hinten" war beeindruckend. Unzählige technische Geräte standen dort, deren Funktionen uns völlig unbekannt waren. Kontrollmonitore, über die man die Sendung und alle Abläufe mitverfolgen konnte, befanden sich an jeder Ecke. Endlose Kabelstränge schlängeln sich hinter den Kulissen und endeten in zahllosen technischen Geräten. Wie sich ein Mensch durch diesen Kabelsalat durchfinden kann, das war uns schleierhaft. Unzählige Kabel davon verliefen nach draußen, wo mindestens vier Übertragungswagen bereitstanden, die benötigt werden, um eine solche Sendung zu übertragen.

Es gibt Gage

Schon an diesem Nachmittag waren schätzungsweise fünfzig fleißige Helfer eifrig damit beschäftigt, „ihre" Sendung auf die Beine zu stellen. So langsam konnten wir uns ein Bild davon machen, was Frau Schilling gemeint hatte. Welche Koordination dazu gehört, dass jeder Beteiligte die ihm zugewiesene Aufgabe gewissenhaft erledigt, um das Auftreten von Pannen zu vermeiden. Nach diesem Blick hinter die Kulissen suchten wir wieder unsere Frau Schilling, von der wir erfuhren, dass wir unsere Gage abholen könnten. Erstmals in meinem Leben gab es eine Gage, also Geld, ohne dass dafür schon eine Leistung erbracht wurde. Sie erklärte uns den Weg zur Zahlstelle. Da ich nicht sicher war, ob ich die richtige Tür erwischt hatte, klopfte ich vorsichtig und trat ein. Ich fragte den anwesenden Herrn, ob er die Kasse sei. Dieser schien jedoch nicht viel Sinn für Humor zu haben. Gereizt knurrte er, er sei nicht die Kasse, sondern der Herr Sowieso. Brummig zahlte er uns unsere Gage aus: 1.200,- DM für das Team, also 400,- DM für jeden von uns plus der üblichen Reisespesen.

Wir bedankten uns und zogen ab. Draußen drückten wir uns noch eine Weile auf dem Flur herum, da uns brennend interessierte, ob die großen Stars ihre Gage wohl auch hier abholten und wie viel sie bekommen würden. Doch die hatten vermutlich ihre Leute und brauchten sich nicht persönlich zu bemühen, oder sie bekamen das Geld überwiesen. Mittlerweile war es 17.00 Uhr geworden. Für diese Zeit hatte Frank Elstner seine Wettkandidaten zu einem kleinen Imbiss eingeladen. Da wir inzwischen auch hungrig geworden waren, machten wir uns auf den Weg zum Hallen-Restaurant. Kurze Zeit später traf Frank ein. Er begrüßte alle Anwesenden und hielt eine kleine Rede. Er wünschte uns und sich einen guten Verlauf der Vorbereitungen. Er bewertete dabei unsere Wetten als durchweg sehr publikumswirksam und zeigte sich überzeugt, dass trotz des diesmal fehlenden Aufgebotes an Weltstars bestimmt wieder Millionen Zuschauer vor die Bildschirme gelockt würden. Wir erfuhren, dass die vorausgegangene *Wetten dass..?*-Sendung ziemlich kritisch beurteilt worden sei. Die Kritiker und auch zahlreiche Zuschauer seien der Meinung gewesen, dass er zu viel Zeit mit seinen ausländischen Gästen verplaudert hätte und die eigentlichen Wetten zu kurz gekommen wären.

Lockeres Geplauder mit Frank Elstner

Frank erklärte uns, dass bei ausländischen Stars die Simultan-Übersetzung sehr zeitraubend sei, zudem könne man einer solchen Persönlichkeit nicht einfach ins Wort fallen. Natürlich sei dann eine gewisse Hektik nicht zu vermeiden, da man versuchen müsse, die Zeit auf eine andere Art wieder einzusparen. Das wollte er in dieser Sendung vermeiden, weshalb er überwiegend deutsche Künstler und Prominente eingeladen hatte, die er zum größten Teil schon persönlich kannte und mit denen es sich ungezwungen plaudern ließ. Es war ihm anzumerken, dass er sich auf die kommende Sendung freute. Man hatte das Gefühl, jede Sendung sei für ihn eine neue Herausforderung. Er ist ein Perfektionist, der sich und anderen nichts schenkt. Wir hatten ja erlebt, wie er sich bereitwillig kritisieren und korrigieren ließ, als der Trailer aufgezeichnet wurde.

Nachdem er seine Ansprache beendet hatte, genossen wir einen Imbiss, bevor gegen Abend die Vorbereitungen getroffen wurden, die unsere Wettvorschläge betrafen. Wir wussten mittlerweile, in welcher Reihenfolge wir zwei Tage später in der Live-Sendung auftreten sollten. Zunächst sollte die Wette aus dem Hamburger Hafen übertragen werden. Zweiter Wettkandidat sollte Barbara Bauditz mit ihrer Schokoladenwette sein. Also begannen zunächst ihre Proben. Eigens für ihre Wette hatten die ZDF-Tüftler schon am Tag zuvor eine wunderschöne Regal-Spiegelwand angefertigt. In diesen Regalen standen bereits hundert, durchnummerierte Glasschalen, aus denen sie später die fünf Schokoladensorten probieren und erkennen musste.

Proben, proben, proben

Interessiert verfolgten wir nun die Proben zu ihrer Wette. Frank Elstner und Regisseur Arnz zeigten ihr den vorgesehenen Weg, den sie bei ihrem Auftritt nehmen sollte. Sie wirkte absolut ruhig und selbstbewusst. Gelassen hörte sie den Erklärungen zu und gab sogar selbst Tipps und Anregungen. Nun deutete sie an, wie ihre Wette später ablaufen würde. Sie plauderte locker und unbefangen mit Frank, dem ihre natürliche Art sichtlich gefiel. Die Schweizer waren an der Reihe. Emil Hübscher, die Schweizer Ruhe und Gelassenheit in Person, und seine Mitstreiter wollten mit einem gerade mal 30 Zentimeter kleinen fernlenkbaren Spielzeugauto einen fast 2.000 Kilogramm schweren Geländewagen von der Stelle schieben. Die Vorbereitungen zu dieser Probe waren sehr langwierig und extrem schwierig. Der Boden musste mit einem speziellen Gummimaterial belegt werden, damit die Räder des Spielzeugautos gut greifen konnten und eine optimale Kräfteübertragung gewährleistet war. Dieser erste Probetag war für die armen Schweizer eine Katastrophe. Nichts wollte klappen. Man änderte den Bodenbelag, um dem kleinen Auto eine bessere Griffigkeit zu geben.

Unzählige technische Unterstützungen wurden ausprobiert: Nichts half. Die Skepsis auf den Mienen der Umstehenden wuchs von Fehlschlag zu Fehlschlag. Plötzlich hieß es, dass alle, die nicht direkt mit dieser Wette zu tun hatten, die Halle verlassen sollten. Ob die drei Jungs aus Luzern durch die inzwischen schon beachtliche Zahl der Anwesenden verunsichert waren? In der Sendung würden sie das in Kauf nehmen müssen. Allein diese Probe hatte zwei Stunden in Anspruch genommen. Inzwischen war es draußen Nacht geworden, und der lange Tag machte sich bei uns bemerkbar. Wir wussten, dass wir als letztes Team noch proben mussten.

Inzwischen waren unsere Fruchtsaftkisten hereingebracht worden, die auf Veranlassung von Beate Wink termingerecht angeliefert wurden. Ursprünglich war geplant, sie für die Sendung mit den Nummern 1 bis 17 zu versehen, was wir jedoch abgelehnt hatten. Es schien uns überflüssig; außerdem befürchteten wir, durch die Nummerierung abgelenkt und irritiert zu werden. Hartmut hatte inzwischen die Hebebühne inspiziert, auf der er arbeiten sollte, und war alles andere als begeistert. Er war so sehr an unser Provisorium von zu Hause gewöhnt, dass er echte Schwierigkeiten hatte, sich umzustellen. Ich beruhigte ihn, da ich diese Art Hebebühne von meinem Test in Mainz ja schon kannte.

Regisseur Arnz ließ uns nunmehr hinter der Schwingtür Aufstellung nehmen. Auf sein Stichwort sollten wir uns zu Frank Elstner begeben. Dieser sprach ein paar Worte zu einem imaginären Publikum; dann kam bereits unser Stichwort: „Und hier sind Anton Schäuble und sein Team", hörten wir ihn sagen. Also trabten wir durch die Schwingtür, und er empfing uns mit ein paar belanglosen Worten. In der Sendung würde er uns an dieser Stelle Fragen zur Person und zu unserer Wette stellen. Er begleitete uns zu der Hebebühne, auf der Hartmut sich nun in seine luftige Position begab. Charly stellte sich links von mir auf, um mir nach erprobter Methode beim Stapeln der Kisten zu helfen. Damit er mir später beim Anheben des Turmes etwas zur Hand gehen konnte, wurde eigens noch ein Podest für ihn angefertigt. Wir begannen zu stapeln, sorgfältig und genau. Hartmut stabilisierte unseren Turm von oben von der Hebebühne aus. Dann stand der fünf Meter hohe Kistenturm in seiner ganzen Pracht und wir bemerkten die skeptischen Mienen der Umstehenden. Das Pech der Schweizer Kollegen hatte sie wohl leicht verunsichert. Ich ging in die Hocke und begann, die 17 Kisten mit beiden Armen langsam in die Höhe zu stemmen. Charly half ganz vorsichtig mit, und Hartmut überwachte aus luftiger Höhe den Vorgang und stabilisierte den Turm von oben. Vorsichtig setzte ich den Kistenstapel auf meinem Kinn ab. Zehn Sekunden lang stand der Turm auf meinem Kinn. Länger wollte ich an diesem Tag nicht probieren, um mein Kinn zu schonen. Also setzte ich den Turm vorsichtig wieder ab. Damit war unsere Aufgabe an diesem Probetag auch schon abgeschlossen.

Frau Schilling übernahm wieder das Kommando und führte uns zu dem wartenden Bus, der uns ins Hotel zurückbrachte. Erst jetzt stellten wir fest, dass dieser Tag doch ziemlich strapaziös gewesen sein musste, denn wir hingen alle ziemlich müde und schlapp in unseren Sitzen. Im Hotel angekommen suchte jeder gleich sein Zimmer auf. Trotzdem konnte ich lange nicht einschlafen. Die Ereignisse des Tages zogen wie ein Film noch einmal an mir vorüber. Wir hatten so viel Interessantes gesehen und erlebt.

Eindrücke und Einblicke

Das ging den anderen Kandidaten nicht anders. Auch sie erzählten beim Frühstück am anderen Morgen von den Strapazen und Anspannungen des Vortages. Unsere Betreuerin, Frau Schilling, erzählte von früheren Kandidaten, und ihre Erzählungen schweißten uns Kandidaten immer mehr zusammen. Sie übergab uns den heutigen Tagesplan, und wir stellten fest, dass wir darin nicht aufgeführt waren. So konnten wir unser Frühstück ausgiebig genießen und baten Frau Schilling, uns noch mehr von ihren Erlebnissen mit den Stars und Kandidaten zu erzählen, die sie bisher betreut hatte. Bereitwillig kam sie unserer Bitte nach. Wir erfuhren, dass sie seit über 20 Jahren als Betreuerin im Show- und Fernsehgeschäft fungierte und inzwischen ein Heer von Künstlern und Prominenten aus aller Welt kennengelernt hatte. Es gelang uns, ihr ein paar Einzelheiten zu entlocken. Von der Schlagerlegende Roy Black schwärmte sie am meisten. Er sei nach jedem seiner Auftritte oft noch Hunderte von Kilometern nach Hause gefahren, nur um bei der Familie zu sein. Über die Bee Gees dagegen wusste sie zu berichten, dass diese sich oft wild und ungezogen aufführten. Natürlich „steckte" sie uns auch ein paar Frauengeschichten von verschiedenen Prominenten, die nicht immer gleich nach den Auftritten zu ihren Frauen heimfuhren.

Auf unsere Frage, wie sie Frank Elstner einschätze, geriet Frau Schilling total ins Schwärmen. Es war unschwer zu erkennen, wie gerne sie mit ihm zusammenarbeitete, und wir hatten längst bemerkt, dass die gesamte Crew ihn sehr schätzte. Gebannt hörten wir ihren Erzählungen zu. Sie strahlte eine Ruhe aus, die sich auch auf mich unruhigen Geist übertrug. Wir alle fühlten uns wohl unter ihrer Obhut. Sogar Hartmut, der tags zuvor noch gedroht hatte: „Wenn sie uns gängeln will, setzen wir sie mal kurz in die oberste Kiste", ließ sich willig von ihr leiten. Während Frau Schilling an diesem zweiten Probetag in der Halle verschiedene Aufgaben hatte, war unsere Anwesenheit an diesem Tage nicht erforderlich. Es war der Tag, an dem der ganze Showblock nochmals geprobt wurde und damit besonders die Künstler gefragt waren. Wir selbst genossen die Freizeit an diesem Tag, der zufällig auch Vatertag war. Dennoch konnten wir es uns nicht verkneifen, einen Blick in die Halle zu werfen, damit uns nichts entginge. Dort sahen wir erstmals auch das Poptrio „Matt Bianco" beim Einstudieren ihres Titels „half a minute". Natürlich dauerte auch deren Probe wesentlich länger als half a minute, bis alles fernsehreif war. Charly, der auch an diesem Tag seine Kamera dabeihatte, schoss ein Bild nach dem anderen. Allerdings hatte er den Technikern versprechen müssen, nicht in die Kameras zu blitzen, da man Schäden an diesen hochempfindlichen Geräten befürchtete. Fünf dieser leistungsstarken, wahnsinnig teuren Kameras werden benötigt, um eine solche Sendung zu produzieren. So viel wie ein Einfamilienhaus, hat uns einer der Techniker verraten, koste ein einziges dieser Geräte. Langsam wurde uns klar, warum die Fernsehgebühren immer weiter in die Höhe klettern und dass die Fernsehgewaltigen bei den immensen Kosten einer neuen Produktion gelegentlich auf „Konserven" zurückgreifen.

Die Proben zogen sich den ganzen Tag hin, und alles, was bei der Live-Übertragung so locker leicht aussieht, ist das Ergebnis knochenharter Arbeit und unzähliger Proben. Bevor wir die Halle verlassen wollten, um an diesem Abend den Vatertag schön ausklingen zu lassen, kam eine Dame auf uns zu. Sie war uns schon aufgefallen, weil sie uns so auffallend gemustert hatte. Sie sei Frau Eder, sagte sie, und verantwortlich für Kostümfragen. Was wir denn in der Sendung anzuziehen beabsichtigten, fragte sie mit einem abschätzenden Blick auf unsere Klamotten. Nun verstanden wir ihr merkwürdiges Interesse an uns. Da wir an diesem Tag keinen Einsatz hatten, waren wir auch sehr leger gekleidet. Die Dame kam uns wie gerufen. Da wir nicht die Absicht hatten, uns für unseren Auftritt neue Kleidung anzuschaffen, sahen wir eine Chance, vom ZDF-Kleiderfundus eingekleidet zu werden.

Wir wollten auch mal „Puma" sein

Also beschrieben wir Frau Eder bewusst, welch einfache Kleidung wir in der Sendung tragen würden, mit dem Ziel, dass wir vielleicht doch noch die Chance auf eine „Neueinkleidung" bekommen wurden. Wir spürten befriedigt, dass sie mit unseren Absichten alles andere als zufrieden war. Kurzerhand bat sie uns einmal mitzukommen und führte uns in einen Nebenraum der Halle, der vollgestopft war mit Stoffen und Kleidungsstücken aller Art. Hier war also der Kostümfundus, und Frau Eder, eine resolute Bayerin, hoffte, ein paar geeignete Kleidungsstücke für unseren Auftritt zu finden. Da uns während der Proben aufgefallen war, dass verschiedene Leute im *Wetten dass..?*-Team schicke Puma-Sportdresse trugen, fragten wir Frau Eder, ob dies nicht auch die richtige Bekleidung für uns sei? Begeistert griff sie den Vorschlag auf und stöberte in ihrem Vorrat. Da außer einer Hose für Hartmut für uns nichts mehr zu finden war, versprach sie uns, kurzfristig noch drei Garnituren zu besorgen. Nachdem nun die Kleiderfrage zu unserem optischen Vorteil gelöst worden war, hatte auch dieser Tag sein Gutes. Wie uns Frau Schilling gebeten hatte, kehrten wir zügig ins Hotel zurück. Sie hatte uns geraten, an diesem Abend früh zu Bett zu gehen, da am Folgetag die Generalprobe anstand. Diesen Rat befolgten wir artig und begaben uns nach einem Nachttrunk an der Hotelbar in unsere Zimmer.

Bammel vor der Generalprobe

Wir konnten ausgiebig ausschlafen. Das brauchten wir auch, da wir vor der anstehenden Generalprobe doch etwas Angst hatten. Je näher die Generalprobe und die Live-Sendung rückten, desto mehr verspürten wir Muffesausen. Bis zur Fahrt in die Saarlandhalle hielten wir uns noch im Foyer des Hotels auf. Dort kamen wir mit einer Hotelangestellten ins Gespräch, und auf Anhieb war ein munteres Geplänkel im Gange. Die junge Dame hatte natürlich erfahren, dass wir zu den Wettkandidaten gehörten und versuchte nun, uns auszufragen. Neugierig wandte sie sich an Hartmut und bat ihn, ihr zu verraten, welche Wette wir denn ausführen würden.

Ohne eine Miene zu verziehen, erklärte er ihr, wir hätten gewettet, dass wir zu dritt einen Wasserbottich mit 100 Litern Inhalt schneller leer trinken würden als ein Nilpferd. Die junge Dame hatte Sinn für Humor, aber sie gab nicht auf. Sie kannte Hartmut nicht. Anderen einen Bären aufzubinden, hatte ihm immer schon großen Spaß gemacht.

Ahnungsvoll schauten wir uns an und warteten, was nun käme. Mit ernster Miene erklärte unser Spaßvogel der jungen Dame: „Wir wetten, dass wir in der Lage sind, zu dritt auf einem Tandem schneller zu fahren als jeder Radrennfahrer." Wir schielten zu ihr hin. Anscheinend glaubte sie ihm, denn sie schien mit der Antwort zufrieden. Wir grinsten uns an und stellten uns ihr Gesicht vor, wenn sie am nächsten Tag feststellen musste, dass Hartmut sie erneut verladen hatte. Durch dieses lustige Zwischenspiel waren wir etwas abgelenkt worden, und die Zeit war wie im Flug vergangen, bevor es mit dem Bus wieder zur Saarlandhalle ging. Dort angekommen, zeigten wir unsere Ausweise und wurden eingelassen. Gegen 16.00 Uhr - noch vor der eigentlichen Generalprobe - sollte ein weiterer Probedurchlauf stattfinden, bei dem die Künstler und Wettkandidaten, allerdings noch immer ohne Wettpaten, ein letztes Mal ihre Auftritte proben konnten. Da wir noch etwas Zeit hatten, trieben wir uns hinter den Kulissen rum und unterhielten uns mit verschiedenen Leuten vom Team. Dabei fiel mir ein Mann im Trainingsanzug auf, den ich vorher noch nicht gesehen hatte. Da er uns offenbar sehr genau betrachtete, sprach ich ihn an. Es stellte sich heraus, dass er zum Team unserer Wettgegner gehörte. Er war einer der beiden Assistenten. Während wir uns noch bekanntmachten, erschienen auch die beiden anderen, Willi Lüsgen, der Weltrekordinhaber im Fruchtsaftkisten-auf-dem-Kinn-Balancieren, und Manuel, sein zweiter Assistent. Alle drei machten einen professionellen, selbstsicheren Eindruck. Für einen Augenblick überfiel mich wieder der Zweifel, ob wir als gänzliche Neulinge wirklich imstande sein würden, dieses schon oftmals mit ihren Balancekünsten öffentlich aufgetretene Trio zu besiegen.

Klappern gehört zum Geschäft

Einer der beiden Assistenten des Willi Lüsgen haute jedenfalls kräftig auf den Putz - nach dem Motto: „Wir werden es euch schon zeigen." Scheinbar eingeschüchtert beantworteten wir die Fragen des Weltrekordinhabers. Ob wir in den letzten Tagen schon geprobt hätten, ob wir klarkämen, wie unsere Bestzeit sei und vieles mehr wollte er wissen. Auf alle neugierigen Fragen gaben wir bereitwillig Antwort - nur unsere Bestzeiten verrieten wir ihnen nicht. Ob man uns die zehn Sekunden abnahm, die wir als maximale Leistungsmöglichkeit angaben - ich weiß es nicht. Jedenfalls tönte der Vorlaute aus dem Lüsgen-Team: „Auf 50 Sekunden müsst Ihr Euch schon einstellen, Freunde." Einen Augenblick lang blieb mir die Spucke weg, aber dann schüttelte ich das lähmende Gefühl ab, das mich überkommen wollte. Ich hatte den Eindruck, dass er in dem gleichen Maße hochstapelte, wie wir untertrieben. Wir würden ja sehen, was die Herren zu bieten hatten. So schlecht waren wir schließlich nicht, wie wir schon bewiesen hatten. Jetzt galt es nur, sich nicht bange machen zu lassen. Wir zwinkerten uns zu und schlichen uns, scheinbar total entmutigt, davon.

Ungeduldig erwarteten wir den Beginn des letzten Probelaufes. Wieder war Barbara als erste an der Reihe, die inzwischen schon wie ein alter Hase mit Frank Elstner talkte. Noch immer waren die Schälchen in der Regalwand leer, und Barbara deutete ihren Part nur an. Man konnte wirklich gespannt sein auf ihre Schokoladen-Wette, denn von allen

Geschmacks- und Geruchswetten, die in *Wetten dass..?* in der Vergangenheit durchgeführt worden waren, war bisher keine erfolgreich gewesen. Nach Barbara waren unsere Schweizer Kollegen wieder an der Reihe. Der Geländewagen stand bereit, warmgefahren und spezialbereift. Sein winziger „Bruder", das batteriebetriebene Spielzeugauto befand sich ebenfalls in Position. Auch heute waren die bedauernswerten Kollegen vom Pech verfolgt. Immer wieder nahm der Zwerg Anlauf, um seinen großen Bruder vom Fleck zu schieben, und immer länger wurden die Gesichter der Umstehenden. Plötzlich - ein Knistern und ein rauchiger Geruch. Entsetzt sahen wir uns an. Emil hatte sein fernlenkbares Spielzeugauto überfordert, der Motor war durchgeschmort. Was nun? Bei den Verantwortlichen kam leichte Panik auf. Nur Emil war erstaunlich ruhig geblieben. In seinem breiten Schwyzerdütsch meinte er in typischer Schweizer Gelassenheit: „Da kann man halt nichts machen, dann besorg ich eben morgen, also noch am Vortag der Sendung, ein neues Aggregat." Er setzte so felsenfest auf seine Wette, dass ihn auch dieses Malheur nicht entmutigen konnte. So überzeugt war er davon, dass ihm in der Sendung alles gelingen würde, was bisher schief gelaufen war. Man blieb jedoch skeptisch.

Nun kam unser Auftritt. Auf den Monitoren hinter den Kulissen verfolgten wir, wie unsere Wette vorgestellt wurde. Da der amtierende Weltrekordinhaber eine Zeit vorlegen musste, hatten wir den Vorteil, dass wir unsere Kontrahenten erstmals in einem Probedurchlauf beobachten konnten. Als Frank Elstner sie aufrief, trabten die drei Herren stolz auf die Bühne und stellten sich neben ihren Fruchtsaftkisten auf, die dort schon bereitstanden. Frank begann ein Gespräch mit den dreien. Willi Lüsgen erzählte ihm, dass er schon seit einiger Zeit balancierte und bereits viele Auftritte hatte, verschiedene Balance-Rekorde aufstellte und damit auch im Guinness-Buch vertreten sei. Auf Franks Frage, wie er auf das Fruchtsaftkisten-auf-dem-Kinn-Blancieren gekommen sei, erfuhren wir, dass er im Februar einen Bericht in der Zeitung gelesen hatte, worin ein Engländer namens Terry Cole erwähnt war, dessen Rekord bei 17 Saftkisten stand. Das habe ihn als leidenschaftlichen Balanceur herausgefordert, diesen Weltrekord zu brechen. Ein paar Tage später bereits war ihm das gelungen, was ihm unmittelbar die Registrierung als Guinness-Rekord sicherte und ihn später in diesem berühmten Buch verewigte. Fassungslos hatte ich zugehört. Da hatten wir also beide den gleichen Auslöser gehabt und waren verschiedene Wege gegangen, um uns an dieser Stelle zu treffen und unsere Kräfte messen zu können. Während Willi Lüsgens Ehrgeiz darin gelegen hatte, den Weltrekord zu brechen und ins Guinness-Buche zu kommen, hatte mich mein Weg zu *Wetten dass..?* geführt. Ein seltener Zufall, der uns da zusammenführte bzw. gegeneinander antreten ließ.

Frank Elstner bat um eine Kostprobe der drei. Interessiert und neugierig verfolgten wir, dass sie die andere, „normale" Stapeltechnik anwandten. Eine Kiste wurde auf die andere gesetzt, während die Hebebühne immer ein wenig weiter nach oben gefahren wurde. Schließlich stand der Turm, und Willi Lüsgen zeigte, was er konnte. An den Monitoren verfolgten wir, wie leicht und spielerisch der Balanceakt bei den drei Kölnern aussah, und beschlossen, bei unserer Taktik des Tiefstapelns zu bleiben, um die anderen in Sicherheit zu wiegen und nicht unnötig ihren Ehrgeiz anzustacheln.

Das sympathische Trio erntete spontan Beifall für ihren gelungenen Balanceakt.

Nun kam unser letzter Probeauftritt. Locker liefen wir durch die Schwingtür auf die Bühne und brachten uns in Position. Frank bat uns mit den Worten „Top, die Watte quillt - äh, Top, die Wette gilt" die Wette auszuführen. Nun zeigten wir uns übertrieben ungeschickt. Umständlich und unbeholfen begannen wir zu stapeln, betont unsicher hob ich den Kistenstapel auf mein Kinn und tat nach fünf Sekunden so, als ob ich ihn nicht länger würde balancieren können. Selbstverständlich sorgte ich dafür, dass auch noch einige Kisten herunterpurzelten, um das Bild abzurunden. Wir hörten förmlich das heimliche Aufatmen der drei Kölner, die sich nach dieser Vorführung ganz sicher sehr überlegen sahen. Frank Elstners ungläubige Blicke nahm ich mit einem heimlichen Schmunzeln wahr und hörte seine aufmunternden Worte: „Noch ein bisschen mehr anstrengen, dann könnte es morgen klappen."

So ganz trauten die Kölner unserem Understatement wohl nicht, denn nach diesem Probedurchlauf versuchten sie wieder, uns auszuhorchen. Willi Lüsgen fragte mich, wie lange ich es bei dem ein paar Wochen zurückliegenden Test in Mainz geschafft hätte. Wie oft wir inzwischen schon geübt hätten und eine ganze Menge mehr. Die Frage nach der Bestzeit überhörten wir wieder geflissentlich, erzählten aber ausgiebig von den schlechten Bedingungen, unter denen wir zu üben gezwungen gewesen waren. Wieder sahen und spürten wir förmlich die Erleichterung der drei Jungs. Irgendwie konnten wir mitfühlen, was sie empfanden, denn auch für sie war es der erste Fernsehauftritt, und sie waren begreiflicherweise nicht minder nervös und wollten sich als Profis natürlich keine Blöße geben.

Studenten als Statisten

Frau Schilling unterbrach unser Gespräch und teilte uns mit, dass wir bei der abendlichen, unmittelbar an diesen letzten Probelauf anschließenden Generalprobe nicht mitwirken würden, da an diesem Abend schon Publikum im Saal sei. Auch einige Presseleute würden die Generalprobe verfolgen. Damit vor der Sendung wirklich keine Einzelheiten durchsickerten, waren die Wettkandidaten ausgeschlossen und die Wetten wurden in abgewandelter Form vorgetragen. Wir durften die Generalprobe als Zuschauer verfolgen und waren froh, dass alle Proben für uns nun abgeschlossen waren. Es war kurz nach 17.00 Uhr, die Generalprobe sollte um 20.00 Uhr beginnen. Die Zeit bis dahin vertrieben wir uns mit interessanten Gesprächen und lockeren Späßen. Einer der Tontechniker, der sich, wie einige andere auch, offensichtlich in Barbara verguckt hatte, versuchte ein wenig mit ihr zu flirten. Er brachte ihr ein Stück Schokolade und bat sie, speziell für ihn diese Sorte zu erraten. Bereitwillig machte sie mit und erriet souverän die angebotene Schokoladensorte.

Endlich kamen wir an diesem Tag auch mit den Schweizern ins Gespräch, die sich als Pfundskerle entpuppten, wenn man sie näher kennen lernte. Vor allem Emil mit seinem trockenen Humor war uns sehr sympathisch. Ich fragte ihn, ob er denn wirklich eine Chance für seine Wette sehe. Er schien ebenso wie seine Freunde wirklich davon überzeugt zu sein, dass es spätestens in der Live-Sendung klappen würde. Woher er denn auf die Schnelle die benötigten Ersatzteile nehmen wollte, fragte ihn Charly skeptisch. „Gleich morgen früh klappere ich sämtliche Spielzeugläden im Umkreis ab, und wenn ich keinen Motor finde, so kann ich doch zumindest ein paar Einzelteile besorgen und den durchgeschmorten Motor wieder reparieren." Bei so viel Optimismus konnten wir ihm nur wünschen, dass er Recht behalten sollte. Überhaupt gab es in dieser Gruppe, die vor einigen Tagen noch nichts voneinander geahnt hatte, großen Zusammenhalt. Jeder fühlte mit dem anderen mit. Dass Emil an diesem Tag so aufgeschlossen war, nutzten wir natürlich redlich aus. Wir fragten ihn, wie er denn zu seiner Wette gekommen sei, und er erzählte uns, dass sein kleiner Sohn ein Spielzeugpferd bekommen hatte - ein Exemplar mit Rollen darunter, auf dem der kleine Junge sitzen konnte. Als Emil sich eines Tages einen fernlenkbaren Spielzeugjeep kaufte, machte er sich einen Spaß daraus, sein Söhnchen mitsamt Pferd mit dem Spielzeugauto durch das Kinderzimmer zu schieben, woran Vater und Sohn einen Riesenspaß hatten. Nach und nach wurden die fahrbaren Gegenstände, die er mit seinem Spielzeugjeep durch die Gegend schob, immer größer, und eines Tages kam ihm schließlich die Idee mit dem Geländewagen. Mit zwei Freunden hatte er dann versucht, per Fernlenkung mit dem Spielzeugauto einen Zwei-Tonnen-Geländewagen anzuschieben, und festgestellt, dass das unter bestimmten Voraussetzungen sogar funktionieren könnte.

Er war davon so überzeugt gewesen, dass er seinen Wettvorschlag an das ZDF abgeschickt hatte und zu seiner Verblüffung schon nach einigen Tagen von dort angerufen wurde. Christian Tadey, der Redaktionsleiter, war eigens in die Schweiz geflogen, da dieser Test nicht in Mainz stattfinden konnte, und hatte sich die Sache angesehen. Als alter *Wetten dass..?*-Fuchs hatte er die Attraktivität dieser Wette sofort erkannt und die drei Schweizer für die Sendung in Saarbrücken eingeladen, ungeachtet dessen, dass eine solch schwierige Wette ein Risiko darstellen könnte. In unserer Neugier hatten wir kaum bemerkt, wie spät es schon geworden war. Erst als die Hallentüren geöffnet wurden und wahre Zuschauermassen in den Saal strömten, stellten wir erstaunt fest, dass es schon 19.30 Uhr geworden war. Schnell nahmen wir die Plätze ein, die wir uns vorher schon ausgesucht hatten. Da es bei einer solchen Generalprobe keine nummerierten Platzkarten gibt, versuchte natürlich jeder, sich den besten Platz zu sichern. Nach nur 20 Minuten war die Halle, die annähernd 2.000 Menschen Platz bietet, vollbesetzt. Selbst die Generalproben sind so begehrt, dass kein Platz leer bleibt. Frau Schilling, die wieder bei uns war, erzählte uns, dass diese Generalproben immer gut besucht und eine Gaudi für die Beteiligten ebenso wie für das Publikum seien. Die erwartungsvolle Stimmung der Zuschauer war ansteckend.

Die Generalprobe dauert im Verhältnis zur einen Tag später folgenden Live-Sendung nur halb so lang, da die Wettkandidaten dabei nicht mitwirken und die Wetten nur andeutungsweise formuliert werden. Vor allem der Regie, dem Moderator und den auftretenden Künstlern wird volle Konzentration abverlangt. Damit der Moderator die Namen der Künstler, die er ansagt, nicht vergisst oder falsch erwähnt, gibt es Mitarbeiter, die ihn ständig mit „Negern" unterstützen. „Neger" sind in diesem Fall keine schwarzhäutigen Mitarbeiter, sondern in der Fachsprache werden so die Plakate genannt, auf denen dem Moderator die Namen seiner Gäste oder andere Informationen angezeigt werden. Wie gerade bei Live-Sendungen oft zu beobachten ist, schielt der Moderator oft mehr zur Seite als in die Kamera. In diesen Momenten liest er oft irgendetwas von Plakaten ab, die ihm außerhalb der Kamerareichweite vorgehalten werden. Eine Notiz darauf kann auch mal ein Gag sein, den der Moderator sonst vielleicht vergessen würde. Vieles, was im Fernsehen beim Zuschauer als spontan ankommt, ist einstudiert und kalkuliert. Als Frank Elstner bei dieser Generalprobe die Wettformulierungen vorlas, gerieten wir in Unsicherheit. Hatte hier jemand etwas verwechselt oder war es Absicht? Ja - es war Absicht. Bei der Generalprobe werden die Wettformulierungen verändert, um den wahren Inhalt der Wette bis zur Live-Sendung geheimzuhalten. So formulierte er zum Beispiel die Wette der Schweizer Kollegen so, als würden sie wetten, dass sie einen kleinen Spielzeugjeep über einen richtigen Geländejeep fahren lassen. Damit ist die Wette angedeutet, jedoch nichts verraten. Die prominenten Wettpaten, die die Wette des jeweiligen Kandidaten vertreten, kommen erst zur Live-Sendung. Sie werden bei der Generalprobe durch Studenten ersetzt, die in die Rolle der Gäste schlüpfen und sich mit diesem Spaß ein Zubrot verdienen.

Aufmerksame Presse

Unter den Zuschauern waren uns einige Presseleute aufgefallen. Frau Schilling hatte sie uns gezeigt und erzählt, dass einige davon am Samstagvormittag in unser Hotel kommen und die Kandidaten interviewen würden. Sie erinnerte uns daran, unsere Sportanzüge für die Sendung noch zu besorgen. Da Monika Eder gerade an uns vorbeiging, sprachen wir sie darauf an. Sie habe mit Puma telefoniert und ihr sei versprochen worden, dass man noch rechtzeitig eine Auswahl liefern werde, sagte sie. Wir sollten morgen im Laufe des Nachmittags in ihrem Hotel in der City vorbeischauen. Damit stand unserem Auftritt nichts mehr im Wege.

Nun sammelte Frau Schilling ihre Schäfchen wieder ein, und wir fuhren zum Hotel zurück. Jetzt hatten wir wirklich von den unzähligen Proben genug. Alle Hoffnungen richteten sich nur noch auf die morgige Live-Sendung. Unterwegs versuchten wir Frau Schilling zu überreden, noch einmal Zwischenstation zu machen, um ein flüssiges Betthupferl zu uns zu nehmen. Sie vertrat jedoch die Meinung, es sei besser für uns, früh zu Bett zu gehen, damit wir am nächsten Tag fit seien. Frau Schilling kam auf den Ablauf des folgenden und entscheidenden Tages zu sprechen. Zunächst war also dieser Fototermin mit den Presseleuten nach dem Frühstück anberaumt worden. Es war für uns schon ein seltsames Gefühl, dass wir plötzlich in den Zeitungen erscheinen sollten.

Das Mittagessen, schlug Frau Schilling vor, könnten wir gemeinsam in einem sehr gepflegten Restaurant in unmittelbarer Nähe des Saarländischen Rundfunks einnehmen. Es sei zwar ein wenig teuer, aber an diesem für uns so bedeutungsvollen Tag durchaus angebracht. Einstimmig nahmen wir ihren Vorschlag an, und sie versprach, sich um die Platzreservierung zu kümmern.

Der Countdown läuft

Nach einer unruhigen Nacht fieberten wir dem neuen Tag entgegen. Jeder fragte sich, was dieser wohl bringen würde? Zunächst brachte er uns ein üppiges Frühstück und danach die Presse. Journalisten von verschiedenen Illustrierten, z.B. die „Bunte" und BILD wollten wissen, woher wir kommen, wie wir zu *Wetten dass..?* kamen und welche Wette wir vorführen wollten. Das durften wir jedoch noch nicht genau verraten. Auch die anderen Kandidaten waren bereits im Foyer und wurden interviewt. Fragen prasselten auf uns herab, und so schlagfertig wie möglich versuchten wir zu antworten. Anschließend wurden verschiedene Fotos ge-macht - vom gesamten Wett-Team sowie von den einzelnen Kandidaten mit einem typischen Merkmal der Wette. Wir hatten uns dabei vor drei leeren Getränkekisten postiert. Nachdem die Reporter alles Wichtige und Unwichtige über uns erfuhren, zogen sie ab. Zugegeben - es machte Spaß, auf einmal bei der Presse begehrt zu sein. Das konnte jedoch nicht kaschieren, dass die Beine mit jeder Stunde immer wackliger wurden.

Wir hatten nichts mehr vorzubereiten, lediglich unsere Sportbekleidung sollten wir nachmittags bei Frau Eder noch abholen. Also genehmigte ich mir einen kleinen Vormittags-schlaf, um die große Anspannung zu lindern. Das Nickerchen gelang mir jedoch nicht. Tausend Gedanken schossen mir durch den Kopf. Ich dachte an den bevorste-henden Live-Auftritt, an die uninformierten Freunde und Kollegen, an Bekannte und Verwandte, die uns heute Abend auf dem Bildschirm sehen würden. Was, wenn unsere Wette

misslang? Würden wir uns daheim noch sehen lassen können? Würde ich eine Niederlage einfach locker wegstecken
können? Unerträglich die Vorstellung, dass unser Kistenturm in sich zusammenfallen würde, bevor ich mit der
eigentlichen Balance beginnen konnte. Beate Wink und
Christian Tadey gingen mir durch den Kopf. Diese beiden
durfte ich nicht enttäuschen, denn sie hatten meinen Balanceakt ausgewählt und setzten auf mich.

Auch meine Mitstreiter gingen mir durch den Kopf. Ob sie
wohl in diesem Augenblick ebenso von Zweifeln geplagt
wurden? Vermutlich ja - im Grunde war das sogar ganz gut,
denn allzu viel Selbstsicherheit macht nachlässig. Unsicherheit dagegen bewirkt meist, dass man besonders vorsichtig
ist. Demnach waren mein Lampenfieber und das meiner
Freunde bestimmt von Vorteil für die Live-Sendung. Irgendwo hatte ich einmal gelesen, dass selbst routinierte
Stars noch vor jedem Fernsehauftritt von Lampenfieber
geplagt sind und mit feuchten Händen zu kämpfen haben.
Wie viel mehr mussten dann wir „Normalbürger", die ein
verrückter Zufall in dieses tiefe Wasser geworfen hatte, von
dieser Krankheit gebeutelt werden.

Die Nervosität steigt

Erst jetzt, wenige Stunden vor unserem Auftritt, riefen wir
noch engste Verwandte an, um ein klein bisschen zu verraten. Niemand, außer meiner Frau, kannte bisher mein
kurioses Vorhaben an diesem Samstagabend. Sie hatte zwischenzeitlich die Nachbarn eingeweiht und die
Schwiegereltern informiert. Sie sollten unsere Kinder beauf-
sichtigen, während meine Frau, ebenso wie die Frauen von

Hartmut und Charly, heute noch nach Saarbrücken abreisten, um die Sendung live in der Halle zu erleben und damit in unserer Nähe zu sein. Mit Hartmut und Charly unternahm ich noch einen Spaziergang, bei dem wir alles Nötige noch einmal genau durchsprachen. Die Sache war viel zu wichtig, als dass wir uns irgendeine Nachlässigkeit hätten leisten können. Das erste Ziel war, sich nicht zu blamieren, die Vision war: zu gewinnen. Denn schließlich hatten wir unter ungleich schwierigeren Bedingungen trainieren müssen als Willy Lüsgen und seine Leute. Nach Adam Riese konnte schließlich nichts schiefgehen, aber wir mussten mit unserem Lampenfieber rechnen. Das war ein großer Unsicherheitsfaktor bei der Sache. Ein Training mit ein paar Zaungästen - gut und schön, aber ein Auftritt vor einem Millionenpublikum am Bildschirm und vor zweitausend Zuschauern im Saal war etwas ganz anderes.

Unwillkürlich dachte ich zurück, wie das Ganze angefangen hatte. Da war ich nun, dessen einziges Bestreben es eigentlich gewesen war, einmal zwei Eintrittskarten zu *Wetten dass..?* zu ergattern, um die Sendung aus nächster Nähe mitzuerleben. Und nun sollte ich selbst sogar dort mitwirken dürfen? Es war schier unglaublich und je näher der Sendetermin rückte, desto unwirklicher schien mir alles.

Nun war es Zeit geworden, zu unserem gemeinsamen Mittagessen aufzubrechen. Unterwegs hielten wir noch kurz bei Frau Eders Hotel, um unsere „Show-Kleidung" abzuholen. In diesem vornehmen Hotel in der City wohnten auch Frank Elstner, die ZDF-Verantwortlichen und die prominenten Gäste. An der Rezeption fragten wir nach Frau Eder, die uns in Empfang nahm und in ihr Zimmer führte. Dieses sah aus und roch wie ein Sportgeschäft. An den Wänden stapelten sich reihenweise Schuhkartons, überall hingen und lagen Sport- und Trainingsanzüge, moderne Freizeithosen und sportliche T-Shirts herum. Puma hatte also tatsächlich in der kurzen Zeit noch eine ganze Kollektion zur Verfügung gestellt. Rasch probierten wir ein paar Sachen an. Bei den T-Shirts wählten wir die größten verfügbaren Größen, um unsere Bauchansätze zu kaschieren. Danach durften wir uns noch passende Sportschuhe aussuchen. Ein angemessenes Outfit war damit gesichert. Wir bedankten uns artig bei Frau Eder und eilten wieder zu dem wartenden Bus, denn unsere Mitstreiter warteten schon sehnsüchtig aufs Mittagessen.

Einmal speisen wie die Stars

Der Bus hielt, und wir stiegen aus, uns neugierig umschauend. Das sollte ein Restaurant sein? Es sah eher aus wie ein Schloss - sehr nobel und exquisit. Eines von den Häusern, in denen ein normaler Durchschnittsbürger nicht unbedingt verkehrt, wo man sich an einem dieser stundenlangen Menüs trotz unzähliger Gänge hungrig essen kann. Nun ja, dies war ein besonderer Tag, also wollten wir auch einmal speisen wie die feinen Leute. Bei unserem Eintritt in das Restaurant stürmte eilfertig der Oberkellner auf uns zu und nahm uns in Empfang. Frau Schilling war hier offensichtlich bekannt, wie sich aus der freundlichen Begrüßung zwischen ihr und dem Personal unschwer erkennen ließ. Sie stellte uns als das Kandidatenteam des heutigen Abends vor, und diese nette Geste steigerte unser Selbstbewusstsein. Schließlich waren wir doch jetzt wer. Der Oberkellner führte uns an unseren Tisch und versuchte geschickt, uns alle für ein gemeinsames Menü zu gewinnen. Doch so einfach machten wir ihm seinen Job nicht. Leicht säuerlich brachte er also die Speisekarten. Als sich herausstellte, dass fast jeder ein anderes Essen aus der Karte gewählt hatte, ließ seine Freundlichkeit merklich nach. Er gab die Bestellungen weiter, brachte uns die Getränke und zog etwas gekränkt ab.

Plaudernd vertrieben wir uns die Zeit, bis die bestellten Essen serviert wurden. Es schmeckte allen ausgezeichnet - im Hinblick auf die Preise eine Selbstverständlichkeit. Genießerisch putzten wir auch die letzten Krümel von den Platten, denn bei den gepfefferten Preisen brachten wir es nicht über uns, etwas stehen zu lassen. Fröhlich und in bester Laune brachen wir anschließend auf und kehrten in unser Hotel zurück. Der Spätnachmittag stand vollends zur freien Verfügung. Frau Schilling hatte uns jedoch empfohlen, noch ein wenig zu ruhen, bevor wir zur Saarlandhalle aufbrachen. Ich befolgte ihren Rat und legte mich im Hotelzimmer auf mein Bett. Meine Gedanken kreisten unaufhörlich um die heutige Sendung. Was würde wohl geschehen, wer von uns würde es packen und wer enttäuscht nach Hause fahren? Im Stillen betete ich, dass unser Balanceakt heute Abend gelingen möge, dass wir keine Niederlage würden hinnehmen müssen. Diese stillen Gebete helfen mir oft weiter oder sie geben mir zumindest ein gutes Gefühl. So war es auch dieses Mal. Gegen 17.00 Uhr brachen wir auf. Das Hotelpersonal verabschiedete uns und wünschte uns „toi, toi, toi". Gerührt versprachen wir, unser Bestes zu geben. In der Halle lief alles schon auf Hochtouren. Auf der Suche nach Interessantem steuerten wir das Hallen-Restaurant an. Dort entdeckten wir Thomas Anders, den dunkelhaarigen Sänger der Gruppe „Modern Talking", der eine Gulaschsuppe löffelte. Neben ihm saß seine Freundin - der Kette nach, die Thomas bei jedem Auftritt um den Hals trug, hieß sie Nora. Sie machte einen etwas unnahbaren Eindruck, während er sehr nett und natürlich wirkte. Wir baten ihn um ein Autogramm, das er uns auch bereitwillig gab. Es war auffallend, welch schöne Schrift er hatte. Normalerweise sehen die Namenszüge prominenter Leute oder Stars auf den Autogrammkarten so unleserlich aus, wie die Rezeptunterschrift meines Hausarztes. Doch bei ihm war der Name sehr gut zu lesen. Wir sagten ihm das und er nahm es sichtlich erfreut zur Kenntnis. Dann ließen wir ihn mit seiner Nora allein, mit der er doch sehr intensiv turtelte.

Wir sahen uns weiter um. Einige Herren von der Requisite saßen in der Ecke, gelassen und locker plaudernd. Für sie war der heutige Abend nichts Ungewöhnliches mehr, denn sie hatten schon eine Menge *Wetten dass..?*-Sendungen hinter sich und waren ein eingespieltes Team. Wir kamen mit unseren Mitkandidaten überein, uns vor der Sendung ein Beruhigungs-Bierchen zu genehmigen. Die Schweizer hielten mit, nur Barbara hielt sich vorsichtshalber an ihr Mineralwasser, da ihre Wette enorme Anforderungen an ihre Geschmacksnerven und ihre feine Zunge stellte. Sie wollte nichts riskieren, was wir sehr gut verstehen konnten. Doch uns, darüber waren wir uns einig, konnte ein „Hopfentee" vor unserem Auftritt nicht schaden. Prompt erwischte uns unsere Betreuerin, die darüber nicht erfreut war. Mit hängenden Ohren steckten wir den wohlverdienten Rüffel ein, denn sie hatte uns oft genug eindringlich geraten, kurz vor dem Auftritt keinen Alkohol zu uns zu nehmen. Kleinlaut meinte Hartmut, Bier sei doch kein Alkohol, worauf allgemeines Gelächter die Gewitterwolke beiseite schob und der Frieden wiederhergestellt war.

Nun bat uns Frau Schilling mitzukommen, da sie uns die Garderobe zeigen wollte. Wir trotteten hinter unserer Betreuerin her durch das Labyrinth dieser Halle. In einem Flur mit mehreren Türen hing an einem Eingang ein Schild mit der Aufschrift „Wettkandidaten". Das war also unsere Garderobe in der Saarlandhalle. Wir fühlten uns schon als richtige Künstler, doch als wir einen Blick in den Raum warfen, waren wir sehr schnell ernüchtert. Ein kahler Raum mit einer Bank und ein paar Kleiderhaken war unsere „Garderobe". Es war schlicht und einfach ein Umkleideraum, doch Garderobe klingt natürlich wesentlich besser. Nach dem Motto „Ladies first" ließen wir Barbara den Vortritt und trödelten, solange sie sich umzog, auf dem Gang herum. Neben unserer Garderobe befand sich an der nächsten Tür ein Schild mit dem Namen „Littbarski". Neugierig klopfte Hartmut an, doch der kleine Pierre war noch nicht eingetroffen. Da kamen ein paar Leute den Gang entlang, die wir mit Hallo begrüßten. Es war die Gruppe Matt Bianco, mit der wir uns gleich bekannt gemacht hatten. Die sympathische Sängerin des Trios wünschte uns „viel Glück".

In diesem Augenblick ging die Tür unserer Garderobe auf, und uns allen fielen die Kinnladen herunter. Unsere Barbara war echt eine Wucht. Schon in Zivil war sie eine Augenweide, doch in ihrer Abendrobe sah sie aus wie ein Fernsehstar. Rank und schlank stand sie in der Tür, in ihrem extravaganten, knielangen Kleid, das schwarz-weiß geteilt war und lachte über unsere verdutzten Gesichter. Ungewöhnlich waren übrigens auch ihre Schuhe: Einer war weiß, einer war schwarz! Eine umwerfende Kombination.

Nun war die Garderobe frei für uns. Wir zogen uns ebenfalls um und fanden, dass wir in unserer Sportkleidung auch ganz proper ausschauten. Kaum waren wir fertig, als sich die Tür öffnete und ein Reporter auftauchte, der eine Kamera mit sich herumschleppte. Richtig, man hatte uns ja vorhin erzählt, der Reporter einer großen Illustrierten würde noch ein paar Fragen an uns stellen und Fotos machen wollen. Seine Illustrierte hatte nämlich die Absicht, einen großen Bericht über die Sendung zu bringen, deshalb hatte man die Kandidaten der heutigen Sendung zu einem Interview gebeten. Natürlich lockerten wir dieses Geknipse wieder mit unseren Späßen auf. Hartmut fragte den Reporter, wie viel Kohle ein Nacktfoto eines Wettkandidaten bringen würde, worauf dieser sehr verdutzt dreinschaute und keinen Humor zeigte. Dann wurden wir - zum ersten Mal in unserem Leben - geschminkt. Ich ließ Charly den Vortritt, der mit etwas Puder bearbeitet wurde. Geduldig hielt er still. Dann war ich an der Reihe. Da bei mir in Folge meiner hohen Stirn die zu behandelnde Fläche etwas größer war, brauchte der Maskenbildner schon etwas mehr Zeit und auch wesentlich mehr Puder. Dabei traute ich mich kaum mehr, zu lachen oder zu reden, weil der Puder abblättern könnte. Der Herr von der Maske erzählte uns, dass immer zuerst die Kandidaten geschminkt werden, da es bei diesen nicht so tragisch ist, wenn bis zur Sendung wieder etwas „Makulatur" verschwindet. Wichtiger sei es bei den Prominenten, die zum Teil allergisch reagieren, wenn sie sich nicht schön genug fänden. Doch nicht nur die Maskenbildner waren emsig bei der Arbeit, nebenan in der „Kleiderkammer" waren fleißige Hände dabei, die Garderoben der Prominenten noch ein letztes Mal zu bearbeiten. Da wurde gebügelt und gebürstet, um den

Roben den letzten Schliff zu geben. Während wir uns dort herumtrieben, hörten wir, wie sich jemand erkundigte, ob Frank schon seine Krawatte für den heutigen Abend ausgewählt habe. Bei dieser Gelegenheit erfuhren wir, dass Frank Elstner etwas abergläubisch ist und sich meist für die Grundfarbe Rot entscheidet. An diesem heutigen Abend jedoch wählte er - wie sich später herausstellte - eine Krawatte mit dem Grundton Blau.

Es geht los

Inzwischen war es 19.15 Uhr geworden - in einer Stunde sollte es losgehen. Wir beschlossen, noch einmal nach unseren Kisten zu sehen. Schon von weitem sahen wir, dass der Stapel an einer anderen Stelle stand. Als wir näher herankamen, stellten wir mit Entsetzen fest, dass irgendein Übereifriger unsere Kisten nun doch mit bunten Zahlenschildern versehen hatte. Da wir unsere Stapeltechnik nicht im letzten Augenblick ändern wollten, blieb uns nur die Möglichkeit, unseren Turm in drei Stapeln so bereitzustellen, dass wir wie gewohnt arbeiten konnten und die Nummerierungen nachher trotzdem stimmten. Wir mussten auch die Helfer, die unsere Kisten auf die Bühne bringen würden, anweisen, die Kisten genau so bereitzustellen, damit wir im entscheidenden Augenblick nicht auch noch die Reihenfolge der Nummerierung sortieren mussten. In dieser Beziehung waren unsere Gegner nunmehr im Vorteil, weil sie nach der normalen Technik stapelten, also eine Kiste auf die andere, und somit die Reihenfolge der Nummerierung auch nicht durcheinander geraten konnte. Das sind so Kleinigkeiten am Rande, die zusätzlich Nerven kosteten. Dennoch hatten wir keinen Grund zur Klage. Im Verhältnis zu den anderen Wettkandidaten hatten wir gute Voraussetzungen. Ich mochte gar nicht daran denken, welche Belastung Emil Hübscher und sein Team in dieser letzten Stunde durchleiden mussten. Inzwischen hatten sich eine Menge Leute versammelt, darunter viele, die wir zum ersten Mal sahen. Auch Reporter und Fotografen schwirrten wieder um uns herum. Außer dem Herrn von heute Nachmittag fotografierten noch einige andere alles, was ihnen vor die Linse kam.

Dass wir plötzlich so interessant geworden waren, war für uns aufregend und nervenkitzelnd, aber beileibe nicht unangenehm. Zwischendurch linsten wir immer wieder mal in den Schminkraum, um zu sehen, wer gerade verschönert wurde. Dort lief alles auf Hochtouren. Friedrich Nowottny, der damalige Berichterstatter aus Bonn, war inzwischen eingetroffen und wurde soeben geschminkt. Freddy Quinn war bereits fertig, ebenso wie Dieter Bohlen und Thomas Anders von „Modern Talking", das Trio „Matt Bianco" und Howard Carpendale. Die Showstars waren alle bereits für ihren Auftritt umgezogen und sahen sehr schick aus. Hannelore Elsner, die ebenfalls gerade geschminkt wurde, was sie eigentlich gar nicht nötig hatte, sah ebenfalls umwerfend aus. Was uns auffiel, das war das offensichtliche Leiden der Prominenten: Sie konnten ihr Lampenfieber nicht überspielen. Auch diese Showgrößen blieben davon nicht verschont, wie wir zu unserer Beruhigung bemerkten.

In der Menge fiel mir ein weiteres bekanntes Gesicht auf - Dieter Thomas Heck, unverkennbar. So, wie man ihn vom Fernsehen heute noch kennt, sehr lebhaft und aufgeschlossen, unterhielt er sich mit einigen Mitwirkenden. Er war an diesem Abend als Besucher in der Halle und nur kurz hinter die Bühne gekommen, um ein paar alte Bekannte zu begrüßen. Und wen kennt dieses Allroundtalent nicht? Währenddessen ging es hinter den Kulissen noch recht hektisch zu. Gerade Beate Wink war besonders gefragt. Noch jetzt, kurz vor der Sendung, erstellte sie die letzten Listen für Barbaras Schokoladenwette. Da musste alles stimmen. Es war undenkbar, wenn während der Sendung zu einer der in der Liste aufgeführten Schokoladesorten das entsprechende Schälchen in der Regalwand falsch nummeriert wäre und Barbara dadurch vielleicht ihre Wette verloren hätte. Dafür, dass solche Patzer vermieden wurden und der Wettablauf seinen geordneten Verlauf nahm, war Frau Wink zuständig. Sie nahm ihre Sache sehr ernst. Als wir zu ihr gingen, um sie zu begrüßen, war sie wie immer nett und freundlich, jedoch spürten wir, dass sie mit ihren Gedanken ganz woanders war. Also ließen wir sie weiterarbeiten.

Der Mann, der in dieser ganzen Hektik - überall liefen Leute mit Handsprechfunkgeräten herum und funkten sich gegenseitig an - eine wohltuende Ruhe und Gelassenheit ausstrahlte, war der Regisseur Alexander Arnz. Der war durch nichts zu erschüttern, obwohl letztlich die ganze Verantwortung auf ihm lastete, denn er überwachte, kontrollierte und beeinflusste das gesamte Geschehen während der Sendung. Eine Live-Sendung ist immer ein Risiko. Man kann nichts herausschneiden, wenn eine Panne passiert. In einer Live-Sendung kann man zwar durch das Abschwenken der Kameras einiges verbergen, aber kein Kameramann kann so schnell reagieren, dass nicht noch ein Teil des Geschehens auf Sendung wäre. Aber Frank Elstner hatte schon einige solche Situationen gemeistert und ein

ganz besonderes Fingerspitzengefühl für heikle Zwischen-
fälle.

Die Spannung auf dem Höhepunkt

Während nun in der Halle hinter den Kulissen die letzten
Vorbereitungen getroffen wurden, ging ich noch einmal
nach oben in unsere Garderobe. In meiner Sporttasche hatte
ich mir ein Handtuch und eine Flasche Mineralwasser mitgebracht, da ich befürchtete, bei unserem Auftritt vor lauter
Aufregung und Nervosität einen trockenen Mund zu bekommen. Ich bewunderte meine Kameraden, die viel ruhiger
zu sein schienen als ich. Charly konnte selbst im dicksten
Trubel noch mit seiner Kamera knipsen. Das gute Stück war
immer dabei, selbst hier kurz vor Beginn der Sendung. Bei
unseren Gegnern schien es umgekehrt zu sein, Willi Lüsgen
war der Ruhigere, während seine beiden Helfer einen nervö-
sen Eindruck machten. Die drei hatten sich ebenfalls fein
gemacht. Im einheitlichen Sportdress und passenden Schu-
hen standen sie beieinander und unterhielten sich leise. Wir
gesellten uns noch eine Weile zu ihnen, doch immer wieder
wurden wir abgelenkt, weil es Interessantes zu sehen gab. In
diesem Moment fiel uns Pierre Littbarski auf, der nun endlich auch eingetroffen war. Er wirkte smarter und größer, als
man ihn vom Bildschirm her als Nationalspieler kannte.
Gleichzeitig strahlte er eine herzerfrischende Fröhlichkeit
und Freundlichkeit aus und machte sich nichts daraus, dass
seine Beine ein anatomisches O-Wunder sind. Ich sah, wie
er über seinen Wettvorschlag informiert wurde und seinen
Zettel mit der Wettformulierung bekam. Da die Wettpaten
keinen direkten Bezug zu der Wette haben, die sie während
der Sendung vortragen bzw. vertreten, ist es schon vorge-

kommen, das einer so spät erschien, dass man nur noch Zeit hatte, ihm seinen Zettel zuzustecken, bevor er auf die Bühne musste. Natürlich macht es entschieden mehr Eindruck auf die Zuschauer, wenn ein Wettpate „seine" Wette auswendig vortragen kann, als wenn er sie von einem Spickzettel ablesen muss. Heute hat sich das im Detail geändert. Thomas Gottschalk selbst formuliert die Wette, die „Patenschaft" dafür übernimmt, wie immer, jeweils ein Prominenter.

Am Saaleingang entstand inzwischen Bewegung. Wir schauten auf die Uhr - 19.30 Uhr, der Saal wurde eben geöffnet. Die Zuschauermassen strömten noch schneller in die Halle als am Vorabend der Generalprobe. Wir hatten Anweisung, von diesem Zeitpunkt an hinter den Kulissen zu bleiben. Allerdings riskierten wir schnell noch einen Blick, um zu sehen, ob unsere Frauen schon unter den Zuschauern waren. Sie waren am Nachmittag mit dem Zug angereist und sollten, nachdem sie sich im Hotel frisch gemacht hatten, pünktlich zur Saaleröffnung in der Halle erscheinen. Wir hatten sie schnell entdeckt. Da sie ebenfalls bereits versucht hatten, uns ausfindig zu machen, war ein Blick- und Winkkontakt schnell hergestellt. Durch Zeichen machten wir ihnen verständlich, dass wir uns hinter den Kulissen aufhalten mussten, sie also nicht richtig begrüßen konnten. Aber wir waren froh, dass sie an diesem Abend bei uns sein und unseren Auftritt aus nächster Nähe miterleben konnten.

„Ich habe das alles noch nicht recht begriffen", sagte ich zu meinen Freunden, „könnt ihr euch vorstellen, dass wir heute Abend wirklich und wahrhaftig im Fernsehen sind?" Den beiden erging es genauso. Jetzt, unmittelbar vor Beginn der Sendung, erreichte die Anspannung ihren Höhepunkt. Frau

Schilling, die sich in unserer Nähe aufhielt, hatte einen Blick für unsere Situation. Lampenfieber war ihr nichts Unbekanntes. Sie sprach beruhigend auf uns ein und bat uns, von jetzt an wirklich nur noch hinter den Kulissen zu bleiben. Dort standen ein paar Stühle vor den Monitoren, die schon ein Bild aus der Halle zeigten. An diesem Samstagabend gab es im Zweiten „Na so was" mit Thomas Gottschalk, dem späteren *Wetten dass..?*-Moderator.

Warm up und Showstart

In einer provisorischen Bude hinter den Kulissen stand noch ein einzelner Monitor. Davor saß der blonde Dieter Bohlen von „Modern Talking" und schaute „Na, so was". Wir setzten uns zu ihm und lauschten interessiert seinen lästernden Kommentaren zu dieser Sendung. In seinem grellgelben Overall, in den er sich für seinen bevorstehenden Auftritt gezwängt hatte, sah er aus wie ein Zitronenfalter auf der Suche nach einer „Schmetterlings-Puppe". Lange hielt es mich nicht auf meinem Stuhl. Immer wieder sprang ich auf und lief herum wie ein Tiger im Käfig. Ich musste ihn genervt haben, denn er schaute immer wieder erbost hoch, wenn ich mich für zwei Minuten neben ihm niederließ. Dennoch lenkte uns der Ablauf von „Na, so was" von unserem Lampenfieber ein wenig ab, bis uns Frau Schilling wieder ansprach. Es war 20 Uhr und Zeit für das, was man in diesem Metier „warm-up" nennt.

Was Wunder, dass uns da nicht mit einem Schlag heiß und kalt wurde. Jetzt wurde es ernst. In wenigen Minuten würde Frank Elstner die Bühne betreten und „unsere Zuschauer" zu „unserer" Sendung willkommen heißen. Gerade betrat Re-

91

gisseur Arnz die Bühne und sprach einige Worte zu den Zuschauern. Er machte dem Publikum auf nette Art klar, dass es an diesem Abend live dabei sei und womöglich auch auf den Bildschirmen erscheinen könne. Es sei daher anzuraten, die Freundin ein paar Plätze weiter zu setzen, wenn daheim die Frau die Sendung anschaue. Das könne sonst unter Umständen unangenehme Folgen haben. Die Zuschauer lachten und klatschten, der Gag war angekommen. Regisseur Arnz machte die Zuschauer noch darauf aufmerksam, dass das Fotografieren mit Blitzlicht wegen der hochempfindlichen Fernsehkameras verboten sei. Dann kündigte er Frank Elstner an, der gleich die Bühne betreten würde, um sich „aufzuwärmen". „Aufwärmen" - also „warm-up" heißt für Frank das Bad in der Menge, Minuten bevor die Live-Sendung wirklich beginnt. Der erste Kontakt mit seinem Publikum ist eine wichtige Vorbereitung für ihn, um die Anspannung unmittelbar vor Beginn der Live-Sendung abzubauen.

Riesenbeifall für den Moderator

Schon erschien er - Riesenbeifall begleitete sein Eintreffen. Gelassen und souverän betrat er die Bühne. Die Monitore zeigten dieses Bild schon, obwohl es noch nicht ausgestrahlt wurde. Die Fernsehzuschauer sehen ihn erst auf ihrem Bildschirm, wenn er zum zweiten Mal - durch die Schwingtür - auf die Bühne kommt. Jetzt vor der Sendung stellte er den Zuschauern im Saal den damaligen ZDF-Unterhaltungschef Wolfgang Penk vor, zu dem er ein sehr gutes Verhältnis hatte. Auch den Regisseur stellte er vor, mit dem ihn eine gute Freundschaft verbinde, dann begrüßte er die Aufnahmeleiter und sein gesamtes Team. Er erzählte seinem

Publikum, dass mit einem guten, eingespielten Team wie dem seinen der Erfolg einer Sendung wie *Wetten dass..?* schon halb garantiert sei.

In den vorderen Reihen begrüßte er einige prominente Zuschauer, u. a. Dieter Thomas Heck und dessen damaligen Nachfolger in der Hitparade, Viktor Worms, der damals wohl nicht ahnen konnte, dass er viele Jahre später zum heutigen Produzenten von *Wetten dass..?* aufsteigen würde. Der Aufnahmeleiter und Regisseur Arnz gaben Frank jetzt Zeichen, dass er mit seinem „warm-up" Schluss machen solle - es sei eine Minute bis zum Sendebeginn. Er ließ sich jedoch nicht aus der Ruhe bringen und bat die Zuschauer, sie möchten ihn nicht für verrückt halten, wenn er gleich noch einmal auf die Bühne käme und sie begrüßte. Dies sei dann der Start für die Übertragung. Unter dem Lachen und Klatschen der Zuschauer im Saal ging er ab und Sekunden später ertönte schon die Eurovisions-Fanfare. Auf den Monitoren erschien das bekannte Bild.

In den letzten Sekunden vor Sendebeginn kam Frank schnell noch einmal zu uns hinter die Kulissen und wünschte uns „toi, toi, toi". Wir konnten ihm gerade noch zu erkennen geben, dass auch wir ihm die Daumen drücken. Auf den Monitoren erschien der Saal im Bild, und die *Wetten dass..?*-Erkennungsmelodie ertönte. In der Halle war es totenstill. Frank stand hinter der Schwingtür, die er in diesem Augenblick aufstieß. Mit einem freundlichen „Guten Abend" betrat er die Bühne. Tosender Beifall brandete auf. Sie mochten ihn - er hatte das Publikum schon gewonnen.

Nun war *Wetten dass..?* live auf dem Sender. Über 22 Millionen Zuschauer, das waren über die Hälfte aller Fernsehzuschauer in Deutschland und den angrenzenden Ländern, saßen in diesem Augenblick vor ihren Bildschirmen und verfolgten die Sendung mit der gewohnten Spannung. Die zweitausend Zuschauer im Saal garantierten eine mitreißende Atmosphäre, denn wer eine Karte erwerben konnte, konnte sich glücklich schätzen. Ich spreche aus Erfahrung, da es mir nie gelungen war, auch nur eine Eintrittskarte zu ergattern. Immer wieder hieß es: „Leider schon ausverkauft". Ich schätze, dass man zu einer solchen Sendung leicht 30.000 oder mehr Karten verkaufen könnte. Aber es gibt nirgends so große Hallen, und die Atmosphäre ist bei „nur" zweitausend Zuschauern im Saal vielleicht doch etwas familiärer. Eine Karte von *Wetten dass..?* zu ergattern ist für Fans ein Glücksfall. Die Karten kosten heute soviel wie der Besuch eines Konzertes und sind, von Ausnahmen abgesehen, nur auf schriftlichen Antrag und Verlosung durch das ZDF zu bekommen.

Wir Wettkandidaten konnten hinter den Kulissen auf den Monitoren die Sendung verfolgen und gleichzeitig sehen, wie sich die vier prominenten Wettpaten soeben hinter der Schwingtür aufstellten. Knut, der Boss der Maskenbildner, legte noch einmal Hand an. Das tat er auch während der Sendung, für die Fernsehzuschauer nicht sichtbar. Immer, wenn ein Showstar seinen Auftritt hatte, flitzten die Leute von der Maske über die Bühne und frischten das Make-up der anderen auf, wo es nötig war. Von unserer Schminke war nicht mehr viel zu sehen. Aber wir wurden nicht nachgeschminkt. Anscheinend waren wir auch so schön genug.

Wieder spürten wir, wie das Lampenfieber wuchs und das bekannte Kribbeln in der Magengrube sich breitmachte. Durch Späße versuchten wir, die Situation aufzulockern. Aber nicht jeder von uns war im Augenblick für Späße zu haben. Die Schweizer waren verschlossen und schweigsam, und Barbara wurde zusehends nervöser. Immerhin war sie als erste dran. Draußen hatte Frank mittlerweile die vier Wettvorschläge für die Saalwette vorgelesen. Während heute Thomas Gottschalk eine Stadtwette formuliert, waren früher die Saalwetten nicht minder beliebt. Die Zuschauer konnten im Foyer der Halle Wettformulierungen abgeben, von denen dann die besten in der Sendung vorgelesen wurden. Die Zuschauer im Saal bestimmten dann mit ihrem Beifall, welche Saalwette die beste war.

Das Publikum hatte sich an „unserem" Abend für eine junge Frau aus Delbrück entschieden. Ihr Vorschlag lautete: „Ich wette, dass Sie nicht in der Lage sein werden, zwei Damen über 65 Jahre mit dem Führerschein Klasse 1 und einem Motorrad auf die Bühne zu bringen, die dann singen: „Meine Oma fährt im Hühnerstall Motorrad." Sie hieß Rosy Hanschmidt und erzählte, dass ihr elfjähriger Sohn auf diesen Vorschlag gekommen sei. Sie war eine nette Person, freundlich und sehr natürlich. Frank war offensichtlich sehr froh, eine so zugängliche und offene Saalkandidatin erwischt zu haben. Auch das war für die Sendung sehr wichtig: der richtige Saalkandidat. Es gibt ja die unterschiedlichsten Charaktere, den Schüchternen zum Beispiel, der fast in seinen Sitz hineinkriecht und kaum den Mund aufkriegt. Oder den von sich Überzeugten, der auftritt wie die Axt im Walde und sich vorlaut und überheblich gebärdet. Beide sind als Kandidaten in einer Live-Sendung weniger gefragt. Vielleicht ist die Unberechenbarkeit von Saalkandidaten auch der Grund, weshalb es bei Gottschalk schon lange keine Saalkandidaten mehr gibt und es dafür Stadtwetten gibt.

Aber Rosy war an diesem Abend die ideale Kandidatin, so dass es Frank nicht schwerfallen würde, auf sie einzugehen und sie in seine Kandidatenrunde einzubauen. Sie stand noch neben ihm, als er seine prominenten Wettpaten hereinrief. Unsichtbar für das Publikum an den Bildschirmen unterstützte ihn einer seiner Mitarbeiter mit dem ersten „Neger", der uns aus den Proben schon bekannt war. Natürlich hatte Frank die Namen seiner Gäste längst im Kopf, aber auch ihm kann das Missgeschick passieren, dass ihm ein Name entfällt. Dies ist der Alptraum jedes Showmasters, dass er einen berühmten Gast in den höchsten Tönen anpreist und bei der Vorstellung dann dessen Namen nicht mehr weiß. Ein solcher Blackout wäre menschlich, und für diese Eventualitäten sind die Helfer mit ihren „Negern" postiert.

Aufmarsch der Prominenz

Nacheinander kamen nun die Prominenten herein und nahmen ihre Plätze ein, von Frank begrüßt und vorgestellt. Er geleitete seine Saalkandidatin ebenfalls zu ihrem Platz und begann ein einleitendes, allgemeines Gespräch mit seinen Gästen. Während dieser Gespräche bekam er, ebenfalls unsichtbar für die Fernsehzuschauer, immer wieder Zeichen von seinen Helfern. „Weitermachen", hieß es da, oder „Du hast noch etwas Zeit", je nach Sendeverlauf.

Nun wurde es ernst. Freddy Quinn formulierte als erster Wettpate seine Wette. „Ich wette", sagte er, „dass Kapitän Kubiatowicz aus Hamburg mit seinem Hochseeschlepper eine Briefmarke abstempeln kann, die an der Pier angebracht ist." Frank gab zu dieser Wette noch ein paar Erklärungen ab und teilte mit, dass Kapitän Kubiatowicz für die Ausführung nur ganze fünf Minuten Zeit zur Verfügung hätte. Dann fragte er Freddy, was er tun wolle, falls diese Wette verloren würde. Dieser erklärte sich bereit, in dem Fall ein paar Stunden in ein Krankenhaus zu gehen und den Kranken dort etwas vorzusingen.

Nun übergab Frank Elstner an Außenmoderator Carlheinz Hollmann, der sich aus dem Hamburger Hafen meldete. Auf den großen Monitoren konnten die Zuschauer diese Wette verfolgen. Im Rahmen einer glänzenden Reportage stellte Außenmoderator Carlheinz Hollmann, ein damaliger ZDF-Starmoderator, den Kandidaten und sein Schiff vor und gab dann zurück an Frank Elstner. Wir fieberten richtig mit und drückten unserem „Kollegen" in Hamburg die Daumen. Ein paar Mal war er nah dran, doch die unruhige See drängte sein Schiff immer wieder leicht aus der Richtung. Dann ertönten der Gong und die bekannte Melodie, die akustisch anzeigte, dass eine Wette verloren wurde. Schade, er hatte es nicht geschafft und nur ganz knapp verloren.

Die Kamera zeigte sein etwas enttäuschtes Gesicht, aber Carlheinz Hollmann und Frank Elstner trösteten ihn, dass er immerhin ganz nahe dran gewesen sei. Frank dankte ihm für den interessanten Wettvorschlag, versprach ihm seine Clubkarte und verabschiedete sich von ihm. Für unsere Nerven war das Misslingen dieser Wette absolut ungesund. Wir hatten gesehen, wie nahe Erfolg und Misserfolg beieinander lagen und was schon ein kleines bisschen Pech ausmachen konnte. Vor allem Barbara, die als nächste rausgehen musste, war jetzt sehr zappelig.

Draußen auf der Showbühne sang noch die Gruppe „Matt Bianco". Die drei kamen gut an, man hörte es am Applaus des Publikums. Dann ertönte wieder Frank Elstners Stimme, der Hannelore Elsner um ihren Wettvorschlag bat. Die warme, dunkle Frauenstimme sagte: „Ich wette, dass Barbara Bauditz hundert Schokoladensorten allein am Geschmack erkennen kann." Barbara, die dicht neben mir stand, sah einen Moment lang wie ein kleines Mädchen aus, das am liebsten davonlaufen würde. Michael, der Aufnahmeleiter, steckte ihr schnell noch ein Mikrophon an ihr weit ausgeschnittenes Kleid, Frau Schilling gab ihr einen beruhigenden liebevollen Klaps, und wir signalisierten „du schaffst es".

Mit einem dankbaren Nicken verschwand sie durch die Schwingtür auf die Bühne, vom Applaus des Publikums begrüßt. Frank kam ihr entgegen, stellte sie vor und erklärte dem Publikum, dass Barbara natürlich nicht alle hundert Schokoladensorten probieren müsse, sondern dass fünf ausgewählt würden, die „erschmecken" und erkennen müsse. Aus der kunstvollen Regalwand nahm er fünf Schälchen, die durch Nummern gekennzeichnet waren, mit denen Frank später in seiner Liste vergleichen konnte, ob Barbara die richtige Sorte genannt hatte. Der jungen Frau wurden die Augen verbunden. Frank reichte ihr die erste Schale, und Barbara kostete. Ziemlich schnell nannte sie den ersten Namen. Frank schaute auf seine Liste – es stimmte. Barbara lächelte erleichtert und das Publikum klatschte. Nun zeigte sie ganz locker, was sie konnte. Mit einem Schlag war ihr Selbstvertrauen zurückgekehrt. Ziemlich rasch nannte sie die restlichen vier Schokoladensorten – alle waren richtig. Begeistert klatschten die Zuschauer, und Frank erlöste Barbara von ihrer Augenbinde. Barbara hatte es als erste geschafft, bei *Wetten dass..?* eine Geschmackswette zu gewinnen. Alle anderen Kandidaten, die es vor ihr mit Parfüms, Tees oder Mineralwasser versucht hatten, waren gescheitert.

Ein großer Triumph für Barbara Bauditz. Auch Hannelore Elsner war herangekommen und beglückwünschte Barbara, ebenso wie Frank, der ihr noch ihre Clubkarte überreichte. Als sie zu uns zurückkehrte, war sie erschöpft, aber glücklich. Ob sie sich sehr blöde benommen habe, wollte sie wissen. Wir beruhigten sie, dass sie sehr souverän gewirkt habe; sogar Frau Schilling lobte sie, man habe ihr die Nervosität nicht angemerkt. Nun war sie beruhigt und genoss ihren Erfolg. Draußen ging unterdessen die Show weiter. Howard Carpendale sang „Shine on", das beim Publikum gut ankam.

Nach diesem Showteil würde Pierre Littbarski seine Wette vortragen, zu der im Augenblick noch fieberhafte Vorbereitungen getroffen wurden. Die drei Schweizer Kollegen hatten sich schon zu Beginn der Sendung abgesetzt, um ihren Geländewagen warm zu fahren, damit der Lauf der Räder wohl etwas leichter würde. Dies geschah unter Begleitschutz, um nichts zu riskieren. Inzwischen waren sie zurück und fuhren, während Howard sang, eben an uns vorbei auf den Teil der Bühne in Position, der für die Zuschauer noch nicht von den Kameras eingefangen wurde.

Blitzschnell wurde noch an den Reifen herumgezurrt, während wir schon Pierre Littbarski hörten, der den Wettvorschlag formulierte: „Ich wette", sagte er, „dass Emil Hübscher mit einem ferngesteuerten Spielzeugauto einen zwei Tonnen schweren Geländewagen mindestens 1,50 Meter weit von der Stelle schieben kann." Ein Vorhang ging auf, der Geländewagen wurde sichtbar, neben dem sich Emil Hübscher mit seiner Fernsteuerung positioniert hatte. Seine beiden Partner, die ihn bisher so hervorragend unterstützt hatten, blieben bei uns und verfolgten das Geschehen wie wir hinter den Kulissen am Monitor.

Stille und Konzentration in der Halle

Frank und Emil schoben den Geländewagen zu einer Markierung. Dann fuhr Emil sein Spielzeugauto ferngesteuert vor der Stoßstange des großen Bruders. Auf dem Hallenboden war, für alle sichtbar, eine Markierung angebracht, damit man genau verfolgen konnte, ob der Zwerg es schafft, den Großen 150 Zentimeter von der Stelle zu schieben. Als Frank sagte: „Top, die Wette gilt", setzte Emil die Fernsteuerung in Gang. Mit angehaltenem Atem verfolgten wir die Aktion. In der Halle herrschte absolute Stille. Der Kleine stemmte sich mit ganzer Batteriekraft gegen die Stoßstange des Großen. Und siehe da: Der 2-Tonnen-Toyota bewegte sich. Zentimeter um Zentimeter rollt er vorwärts, der Markierung entgegen. Manchmal schien es, als ob die Räder des Kleinen durchdrehten, als ob er keine Leistung mehr bringen könnte. Doch er schaffte es, langsam und zögernd bewegte sich der Geländewagen über die Markierung.

Tosender Beifall für Emil Hübscher, der sich strahlend vor Freude von Frank beglückwünschen ließ. „Super, das war eine tolle Leistung und eine Riesenwette", bedankte sich dieser. Auch Pierre Littbarski, den es nicht auf seinem Platz gehalten hatte, eilte jetzt herbei und klopfte Emil Hübscher begeistert auf die Schulter.

Welch eine Genugtuung für den Schweizer, der mitunter als einziger an seine Wette geglaubt hatte. Glücklich zog er mit seiner Clubkarte ab, von uns und Frau Schilling ebenfalls freudig in Empfang genommen. Strahlend schüttelte er hinter den Kulissen unsere Hände und ließ sich von seinen Kameraden umarmen. Auch sie waren überglücklich, dass es endlich geklappt hatte.

5 Minuten live

Ich nuckelte schon seit Beginn der Sendung alle paar Minuten an meiner Mineralwasserflasche. Vor Aufregung war ich wie ausgetrocknet. Auch meine Freunde wurden mittlerweile vom Lampenfieber gebeutelt: Du sitzt hinter den Kulissen und siehst auf dem Monitor die Live-Sendung, in der du gleich selbst auftrittst. Eigentlich unvorstellbar. Frau Schilling, unser guter Geist, hielt mir das Händchen wie meine erste Freundin einst im Mai. Auch Barbara sprach uns Mut zu. Zunächst mussten jedoch unsere Gegner ihr Können unter Beweis stellen.

Draußen sang das Popduo „Modern Talking" den Schluss ihres neuen Titels „You can win, if you want". Schwungvoll und sehr dynamisch bearbeitete Dieter Bohlen sein Instrument. Der Blondschopf bot ein Bild der Lebensfreude. Sein

Freund Thomas Anders wirkte eher etwas verträumt. Die beiden hatten an diesem Abend einen Riesenerfolg und waren mit diesem Auftritt wieder ein gutes Stück weiter auf der Karriereleiter. Ich selbst wiederholte immer wieder diesen Liedtitel „Du kannst gewinnen, wenn du willst" in meinem Kopf.

Nun bat Frank seinen letzten prominenten Wettpaten, Friedrich Nowottny, um seinen Wettvorschlag. Dieser begann: „Ich wette, dass Herr Schäuble, Komma Anton, 17 Fruchtsaftkisten länger auf dem Kinn balancieren kann als der amtierende Weltrekordinhaber Willi Lüsgen." Mit einem Schlag wurde mir ganz hohl im Magen. Nun - es war also soweit, in ein paar Minuten müssten wir vor dieser Menschenmenge und vor einem Millionenpublikum an den Bildschirmen, vor Bekannten und Verwandten, zeigen, was wir konnten. Aus dem Training wussten wir sehr genau, wie unterschiedlich lange der Balanceakt klappte. Mal waren es 30 Sekunden und länger, ein anderes Mal krachte der Turm schon nach fünf Sekunden zusammen. Wir konnten nur hoffen, dass Willi und seine Jungs keine lange Zeit vorlegten und unsere Taktik, sie in zu großer Überlegenheit zu wägen, aufging. „Lieber Gott, gib uns einen guten Tag", flehte ich still und leise.

Zuerst musste nun Willi mit seinen Assistenten auf die Bühne und vorlegen. Seine Mitstreiter und er begannen mit dem Stapeln. Kiste um Kiste wuchs der Turm in die Höhe. Der Mann auf der Hebebühne stellte eine Kiste auf die andere. Nun stand der Stapel in seiner ganzen Pracht. Sehr vorsichtig drückten ihn die drei gemeinsam in die Höhe. Dieser Vorgang ist, wie wir wussten, fast noch schwieriger als die

Balance selbst. Sehr lässig, nach meinem Eindruck zu lässig, ließ Willi Lüsgen die Arme sinken und balancierte den Turm auf dem Kinn. Und da: Schon nach wenigen Sekunden begann der Turm zu schwanken. Bevor er auch nur die Arme zum Balanceausgleich hochbrachte, fiel der Turm nach 12 Sekunden mit Getöse in sich zusammen. Enttäuschung malte sich auf den Gesichtern der drei Jungs ab. Verständlich. Aber bei uns hinter der Kulisse machte sich Erleichterung breit. 12 Sekunden. Das ist unsere Chance. Ich sah auch in den Augen meiner Freunde Optimismus aufleuchten.

Du kannst gewinnen, wenn du willst

„Jetzt packen wir sie", sprach Hartmut aus, was wir alle dachten. Noch ein letzter Händedruck von Frau Schilling, ein Klaps der Wettkandidaten, der Aufnahmeleiter steckte mir ein Mikro ans T-Shirt und ließ das Kabel hinter meinem Rücken in die Gesäßtasche laufen. Unsere drei Gegner kommen mit langen Gesichtern zurück. Obwohl wir natürlich gehofft hatten, dass sie eine schwache Leistung bieten würden, taten sie uns nun fast Leid. Mein Mundraum war vor Anspannung trocken - schnell nahm ich noch einen Schluck aus meiner Sprudelflasche. Dann rief Frank uns auf. Ich stieß die Schwingtüre auf, und im Gänsemarsch liefen wir in unserem Sportdress auf die Bühne. Unzählige Scheinwerfer von oben und von der Seite erleuchteten die Bühne und ließen die Zuschauerränge dunkel erscheinen, so dass die Zuschauer von der Bühne aus nicht so hell zu sehen waren, wie das an den Bildschirmen aussieht. Obwohl wir vorher geprobt hatten, wie der Einlauf vor sich gehen sollte, lief ich nun vor lauter Aufregung einen Bogen und damit fast aus dem Bild.

Aber Frank holte uns mit einer unauffälligen Geste zurück auf den richtigen Punkt und begann ein Gespräch mit uns. Zuerst sprach er Charly an, der kurz und bündig antwortete. Als er mit Hartmut sprach und sich herausstellte, dass dieser auch Schäuble heißt, fragte er mich, woher dieser Name komme. Mit dieser Frage hatte er mich total von der Rolle gebracht. Ich hatte einstudiert, was ich auf die Fragen nach Hobby und Beruf antworten wollte. Ich hatte vor, für meinen schönen Wohnort Pfalzgrafenweiler und den Schwarzwald überhaupt etwas Fremdenverkehrswerbung zu machen, doch nun hatte ich den totalen Blackout. Ohne nachzudenken und nur um irgendetwas zu sagen, erwiderte ich, dass unser Name wohl etwas mit einem Krautkopf zu tun haben müsse. Bei uns sei der große Krautkopf ein Schaub, ein kleinerer müsse daher ein Schäuble sein. Ich meinte, so etwas mal von meinen Vorfahren mal gehört zu haben.

Ergänzend dazu gab Hartmut zum Besten, dass es bei uns mehr Schäuble gebe als rote Hunde. Im Gelächter der Zuschauer zog Frank dann das „Fazit": „Ein Krautkopf ist also im Schwabenland ein Schaub, in der Pfalz sagt man dazu Kohl." Erst mit Verzögerung erkannte das Publikum diese witzige Anspielung auf den damaligen Bundeskanzler. Nach meinem Beruf zu fragen, hatte Frank ganz vergessen, oder er ahnte gar, dass ich mir die Gelegenheit, für meinen Brötchengeber etwas Schleichwerbung zu machen, ganz sicher auch nicht entgehen lassen würde.

16 Sekunden sind eine Ewigkeit

Frank bat uns nun mit unserer Vorführung zu beginnen. Dem Publikum erklärte er, dass wir eine andere Stapeltechnik als die Weltrekordinhaber anwenden würden. Wir atmeten noch einmal tief durch - und begannen dann zu stapeln. Die ersten vier Kisten türmten wir ganz normal übereinander auf. Alle weiteren Kisten schob ich in Greifhöhe in den somit von unten wachsenden Turm ein. Wieder unterstützte mich Charly von der Seite, während Hartmut von der Hebebühne herunter stabilisierend auf den nach oben wachsenden Turm einwirkte. Dann stand er vor uns, dieses fünf Meter hohe Gebilde. Es war abgesprochen worden, dass wir - sollte der Turm schon beim Stapeln zusammenbrechen - noch ein zweites Mal stapeln dürften. Ich ging einen Meter zurück und musterte den Turm mit einem prüfenden Blick. Ich schaute, ob er gerade stand und ob nicht irgendwo ein Gefahrenpunkt lauerte. Frank fragte besorgt, warum ich mir den Turm so genau anschaue, ob etwas nicht in Ordnung sei. Ich antwortete ihm, dass meist die beiden oberen Kisten etwas nach außen hängen und ich darauf besonders achten müsse. Aber es sähe aus, als sei alles okay.

Aus den Augenwinkeln bemerkte ich ein paar Fotografen mit gezückter Kamera. Ich fühlte mich im Dunkeln, obwohl die Scheinwerfer die Bühne erleuchteten. Es war mucksmäuschenstill in der Halle, und auf der Bühne nahm man die 2.000 Zuschauer in der Halle nicht wahr. Ich dachte nicht daran, dass ich im Fernsehen auftrete und so viele Zuschauer in der Halle und an den Bildschirmen waren. Ich konzentrierte mich voll auf den vor mir stehenden Kisten-turm. Ich schaute meine Freunde an und nickte. Das war das Zeichen für alle, dass wir starten könnten.

Jetzt ging ich in die Hocke, griff mit den Händen nach der untersten Kiste und zog mit beiden Armen den Turm lang-sam nach oben. Dieser Vorgang strapazierte mich enorm, und es kam mir vor, als würde es eine Ewigkeit dauern, bis ich den Stapel oben hatte. Ich hatte ziemliche Schwierig-keiten. Das Gebilde wackelte enorm und war nicht stabil genug. Charly unterstützte mich von der Seite her, und Hartmut wirkte von oben her stabilisierend auf den Turm ein. Jedoch kriegte ich ihn nicht richtig unter Kontrolle. Meine Nerven flatterten. Ich riss mich zusammen. Endlich konnte ich den Turm auf meinem Kinn absetzen. Aber noch war er für die Balance nicht ruhig genug. Mit dem Absetzen auf meinem Kinn und dem Loslassen meiner Hände begann die eigentliche Wette. Die Uhr würde laufen, sobald ich meine Hände herunternehmen würde und der Stapel ohne Unterstützung auf meinem Kinn steht. Ich hörte Franks Stimme mit dem Wettkommando. Doch noch konnte ich meine Hände nicht wegnehmen, es dauerte gut zehn Sekun-den, bis ich den Stapel soweit unter Kontrolle hatte, dass ich die Hände sinken lassen konnte. Frank hatte die Situation erkannt und rief ein zweites Mal: „Top, die Wette gilt".

Jetzt galt es. Ganz langsam nahm ich die Hände weg, und der Turm stand nun ohne Unterstützung auf meinem Kinn. Ich musste mich ungeheuer konzentrieren, doch es sah aus, als ob es gut ginge. Mein Kinn schmerzte zwar höllisch, doch was „juckte" mich mein Kinn, wenn ich gewinnen wollte. Hartmut motivierte mich von seiner Hebebühne aus und rief: „Gut so!" Charlys Stimme von der Seite sagte: „Bleib ruhig, es sieht gut aus." Ich hatte das Gefühl, innerlich zu brennen, fix und fertig war ich, jegliches Zeitgefühl war mir abhanden gekommen. Riesenbeifall weckte mich aus meiner Anspannung. Und da war es auch schon geschehen. Der Kistenturm begann zu schwanken und fiel nach 16 Sekunden polternd in sich zusammen. Mit Riesenschritten konnte ich gerade noch in Deckung springen.

Wir haben gewonnen

Erst nach und nach wurde mir bewusst, dass wir die Wette gewonnen hatten. Hartmut und Charly kamen herbei. Wir fielen uns überglücklich in die Arme. „Geschafft, wirklich geschafft." Auch Frank kam dazu und beglückwünschte uns begeistert. 16 Sekunden, sagte er, habe der Stapel auf meinem Kinn gestanden, als die Leute zu klatschen anfingen. Ausgepumpt und völlig außer Atem, aber glücklich nahm ich seinen Glückwunsch entgegen. Keine zwei Meter vor uns lagen die Fotografen auf dem Hallenboden und knipsten ohne Unterlass. Auch Friedrich Nowottny war herbeigeeilt und beglückwünschte uns. Frank, der gesehen hatte, wie fertig ich war, sagte ins Publikum, dass ich mich sicherlich total verausgabt habe und erst mal wieder zu Atem kommen müsse. Beim Finale würde man uns noch einmal wiedersehen.

16 Sekunden sind eine Ewigkeit

17 Fruchtsaftkisten auf dem Kinn. Karl-Heinz und Hartmut erwiesen sich auch bei dieser Kuriosität als wahre Freunde, ohne die ich es nicht geschafft hätte.

Gefahr von oben

Nie war ich schneller als bei der Flucht vor den einstür-
zenden Kisten.

Frank überreichte uns die Clubkarte. Diese Clubkarte wurde später wieder abgeschafft, war jedoch zu damaliger Zeit eine begehrte „Trophäe". Sie war eine Freikarte, mit der Wettkandidaten ein Jahr lang Zugang zu allen *Wetten dass..?*-Sendungen und auch allen anderen vom ZDF ausgestrahlten Sendungen hatten.

Außerdem würden wir bei einem großen Fest allen Wettkandidaten der in diesem Jahr schon gelaufenen und noch ausstehenden *Wetten dass..?*-Sendungen wieder begegnen. Wann das sein würde, stand heute noch nicht fest. Frank bedankte sich noch einmal bei uns für die Wette und verabschiedete uns gemeinsam mit den Zuschauern mit Applaus.

Mit einem letzten Winken ins Publikum verschwanden wir hinter der Schwingtür, begeistert in Empfang genommen von unseren Gefährten und Frau Schilling. Sie war ganz aus dem Häuschen, weil alle ihre Schützlinge am heutigen A-bend ihre Wetten gewonnen hatten.
Unseren Gegner Willi Lüsgen, der ein sehr fairer Verlierer war, konnten wir in unsere Freude einschließen. Schon vor unserem Duell hatte ich ihm gesagt, dass wir ihm seinen Eintrag im Guinnessbuch der Rekorde nur streitig machen würden, wenn wir die Wette gegen ihn verlieren sollten. Irgendwie hätten wir uns dann rehabilitieren wollen. Da wir in der Sendung gewonnen hatten, gratulierten wir Willi, dass er damit unangefochtener Weltrekordler im Guinnessbuch bleiben würde. Damit war die Stimmung gerettet und es gab nur Gewinner.

Der Pechvogel des Abends hieß Kapitän Kubiatowicz, der die Außenwette im Hamburger Hafen nicht gewinnen konnte – währenddessen gerieten wir hinter der Bühne in einen wahren Freudentaumel, von dem auch unsere Frau Schilling nicht verschont blieb. Reihum wurde sie in den Arm genommen und abgeküsst. Draußen ging die Sendung weiter. Als letzte war Rosy, die nette Saalkandidatin, mit ihrer Saalwette an der Reihe. Frank machte es, wie immer bei den Saalwetten, besonders spannend. Tatsächlich wusste er bis dahin selbst nicht, ob der jeweilige Saalkandidat oder das ZDF die Wette gewonnen hat.

Auf sein Wettkommando schauten alle gebannt zur Hallentür, die sich jetzt öffnete. Zwei ältere Damen kamen auf die Bühne, die ihr Vehikel neben sich her schoben. Das Publikum honorierte den Auftritt dieser beiden mutigen Omas mit Beifallsstürmen. Auch Frank war erfreut; er ließ sich von den beiden Damen den Führerschein zeigen, und es erwies sich, dass beide tatsächlich im Besitz der Fahrerlaubnis Klasse 1 waren. Frank wechselte ein paar Worte mit den beiden „Motorradbräuten" und stellte fest, dass beide kess und schlagfertig antworten und auch das Lied „die Oma fährt im Hühnerstall Motorrad" gekonnt vortrugen. Das gefiel ihm, und das Publikum war hingerissen. Rosy hatte damit ihre Wette ebenfalls gewonnen und bekam ihre Clubkarte. Frank bedankte sich noch einmal bei ihr für ihre originelle Saalwette.

Finale

Dann wurde es Zeit zum großen Finale. Wir versammelten uns alle noch einmal auf der Bühne - die Kandidaten, die prominenten Wettpaten, die Saalkandidatin mit ihren beiden Motorrad-Omas, die Showstars und mitten unter ihnen

Frank, der sich nun bei seinem Publikum bedankte und sich verabschiedete. Wieder einmal war eine Sendung ohne Pannen und wie am Schnürchen abgelaufen. Heute hatte Frank sogar ausnahmsweise nicht überzogen, im Gegenteil, er war ganze zwei Minuten früher fertig und damit ging diese Ausgabe als die jemals kürzeste *Wetten dass..?*-Sendung in die Fernsehannalen ein.

Wir winkten ins Publikum, bis wir das Zeichen bekamen, dass die Kameras uns ausgeblendet hatten und das Bild der Eurovision wieder über den Sender lief. Einige Minuten standen wir noch in Gruppen zusammen und unterhielten uns über den Sendeverlauf. Ich konnte es mir nicht verkneifen, die schöne Hannelore Elsner noch einmal in den Arm zu nehmen und herzhaft zu drücken. Wann hatte man dazu schon mal die Gelegenheit? Zu Pierre Littbarski sagte ich, ich hätte befürchtet, dass er sich vor lauter Schulterklopfen heute noch die Schulter auskugelt. Er lachte und nahm es mit Humor. Friedrich Nowottny wirkte da eher zurückhaltend, und Freddy Quinn schrieb Autogramme. Jetzt kamen immer mehr Zuschauer zu uns auf die Bühne, die die Stars um Autogramme baten.

Mein erstes Autogramm

Plötzlich zupfte mich jemand am Arm. Als ich nach unten schaue, sehe ich einen Knirps von etwa zehn Jahren, der mich - mich!!! - um ein Autogramm bat. Perplex schaute ich ihn an: „Kleiner", sagte ich zu ihm, „ich gehöre nicht zu den Stars, ich bin nur einer der Kandidaten." Doch er drängte, schaute mich so lieb an und ließ nicht locker, also tat ich ihm den Gefallen. Er sagte mir, dass ihm unser Auftritt gefallen habe und er deshalb ein Autogramm von mir haben möchte. Später bereute ich, dass ich mir nicht die Adresse des Jungen habe geben lassen, ich hätte ihn gerne später zu einer *Wetten dass..?*-Sendung mitgenommen, wenn es ihm so viel Spaß gemacht hatte, dabei zu sein.

Inzwischen waren auch wieder einige Presseleute zu uns gestoßen, die uns Fragen stellten und Fotos machten. Eine Dame der Boulevardpresse verwickelte mich in ein Gespräch. Ein anderer Reporter bat uns um den Namen unseres Hotels, er möchte uns am nächsten Morgen dort aufsuchen, ebenfalls, um einen Bericht zu verfassen. Auch unsere Frauen kamen auf die Bühne. Freudestrahlend nahmen sie uns nun in die Arme. Sie hatten mit uns gezittert und freuten sich nun riesig mit uns. Es war für sie ein ganz großes Erlebnis, einmal nicht „nur" Hausfrau und Mutter zu sein. Auch sie genossen den Abend sichtlich. Plötzlich fiel mir auf, dass Hartmut mit den Tränen kämpfte. Ihn, der doch während der ganzen Vorbereitungen und auch noch unmittelbar vor unserem Auftritt der Ruhigste in unserem Gespann gewesen war, schien nachträglich die Aufregung übermannt zu haben. Anscheinend kam ihm erst jetzt zu Bewusstsein, dass alles gut abgelaufen war und die ganze Anspannung löste sich in Tränen auf.

In einem Nebensaal der Saarlandhalle war alles zu einer ersten kleinen Nachfeier vorbereitet worden. Dorthin begaben wir uns mit unseren Ehefrauen, um uns bei freien Getränken und einem guten Gespräch mit den noch Anwesenden zu entspannen. Frank Elstner hatte sich gleich am Ende der Sendung abgesetzt, wahrscheinlich spülte er sich jetzt unter der Dusche die Anspannung der letzten Stunden vom Körper. Nach einer solchen Live-Sendung war er total durchgeschwitzt und sehnte sich wahrscheinlich nur nach der Badewanne.

Zum ersten Mal sprachen wir heute Abend offen mit Willi Lüsgen über den Test in Mainz. Er erzählte, dass er im Guinnessbuch der Rekorde mit 18 Sekunden eingetragen sei. Bei dem Test in Mainz sei es ihm jedoch gelungen, die Kisten 60 Sekunden zu balancieren. Sein Freund, der vor dem Auftritt heute Abend noch so selbstbewusst war, schien nun eine Nummer kleiner geworden. Er war jedoch Sportsmann und gratulierte uns zu unserem Sieg. Frau Schilling gesellte sich zu uns, die anderen Kandidaten bereits im Schlepptau, und erklärte uns, dass wir zusammen mit Frank und einigen anderen Mitwirkenden der Show noch zur eigentlichen Aftershow-Feier fahren würden. Freudig überrascht begaben wir uns zum Taxi, das uns zu einem hübschen mexikanischen Lokal in der Saarbrücker Innenstadt brachte.

Inzwischen war es 23.00 Uhr geworden, doch keiner war müde. Aufgekratzt betraten wir das Lokal, wo nacheinander die anderen eintrafen. Allen voran Frank, frisch und rosig in Jeans und Pullover, und sein Chef, der damalige ZDF-Unterhaltungsmacher Wolfgang Penk, Dieter Thomas Heck, Freddy Quinn, Hannelore Elsner und ein paar von Franks Mitarbeitern. Zunächst hielt Frank eine kleine Ansprache, in der er sich für den reibungslosen Verlauf der Sendung bedankte. Man könne wieder einmal sehr zufrieden sein, meinte er, die Show sei heute Abend gut angekommen. Auch die Kandidaten seien groß in Form gewesen, wandte er sich an uns, jedoch sollten wir in unserer Freude den traurigen Verlierer, unseren Kapitän Kubiatowicz, nicht ganz vergessen.

Dann lud er uns ein, die bereitgestellten Speisen und Getränke zu genießen, die auf seine Rechnung gingen, und uns einen schönen Abend zu machen. Das ließ ich mir nicht zweimal sagen. Herzhaft langte ich zu. Es gab scharf gewürzte, undefinierbare Rippchen, etwas Fleisch war auch dran. Um mich nach vielen Stunden ohne feste Mahlzeit nun etwas zu sättigen, musste ich schon einige dieser mit etwas Fleisch verzierten Knochenstücke, heute sind solche „Leckerbissen" als spare ribs bekannt, abnagen. Der Stimmung tat diese „knochenharte" Speise allerdings keinen Abbruch.

Frank unterhielt sich aufgekratzt und gut gelaunt mit seinen Gesprächspartnern. Er ist wirklich ein sehr natürlicher Mann, der sich in allen Situationen so gibt, wie er ist. Deshalb kommen seine Sendungen so gut an. Da ist nichts Gespieltes, Geziertes, er bringt sich selbst in die Sendung ein, und das Publikum spürt das. Vermutlich ist das das Geheimnis seiner Erfolge. Er blieb sich stets seinem Anspruch auf gutes Fernsehen treu und ist nach meiner Meinung die leidenschaftlichste Showgröße überhaupt. Niemand danach konnte jemals wieder eine ähnlich erfolgreiche Sendung erfinden. Kennt man ihn näher, so weiß man, dass ihm seine Zuschauer am Herzen liegen. Für jeden hat er ein nettes Wort, und nie zuvor lernte ich einen Menschen kennen, der so gut zuhören kann. In Frank Elstner sehe ich den „Franz Beckenbauer des Showgeschäfts".

Ich gesellte mich zu ihm und stellte fest, dass ich noch nicht einmal ein Autogramm von ihm fürs Erinnerungsalbum hatte. Als ich ihn darauf ansprach, bat er seine Frau nachzuschauen, ob sie noch Autogrammkarten in der Tasche habe. Als sie verneinte, griff er sich einen Bierdeckel und schrieb einige Worte darauf, die er mit seinem Namenszug unterschrieb. Nun, da ich ihn aus nächster Nähe sah, bemerkte ich, dass ihn die Show doch geschafft hatte. Etwas älter sah er nun aus, erschöpft und müde. Doch das ist kein Wunder: Jede dieser Shows fordert seinen ganzen Einsatz. Auch wir spürten die Nachwirkungen des aufregenden Tages, denn der ständige Wechsel zwischen Anspannung und Entspannung macht irgendwann auch schlapp. Die gute Stimmung und der Rotwein hatten uns ebenfalls zugesetzt, so dass wir uns gegen vier Uhr morgens zum Aufbruch entschlossen. Amüsiert beobachteten wir, dass auch ein paar der prominenten Gäste einen kleinen Schwips hatten. Gerade kritzelten sie nacheinander mit einem Filzschreiber ihre Autogramme auf den Putz an der Wand des Lokals. Es wunderte uns, dass sie zu diesem Zeitpunkt noch einigermaßen leserlich schreiben konnten. An Aufbruch schienen sie jedoch noch nicht zu denken.

Frank verabschiedete sich herzlich von uns. Er freute sich schon jetzt auf ein Wiedersehen mit uns allen, und bis dahin wünschte er uns alles Gute. Damit waren ein langer Tag und ein erlebnisreicher Abend vorüber. Hartmut, Charly und ich, wir würden diesen Tag wohl nie vergessen. Müde und glücklich fuhren wir mit unseren Frauen unter Frau Schillings Fürsorge ins Hotel zurück, wo wir uns noch ein paar Stunden Schlaf gönnten.

Am nächsten Morgen beglückwünschte uns das Hotelpersonal zu unserem Sieg, den sie natürlich am Bildschirm verfolgt hatten. Auch die junge Dame, die wir tags zuvor noch mit unseren falschen Wettvorschlägen auf die Schippe nahmen, hatte uns inzwischen verziehen und gratulierte uns herzlich. Bei einem ausgedehnten Frühstück ließen wir den gestrigen Abend noch einmal Revue passieren. Da unsere Frauen natürlich tausend Fragen hatten, wie es uns in den vergangenen Tagen ergangen war, standen wir bereitwillig Rede und Antwort, bis Frau Schilling uns benachrichtigte, dass schon wieder einige Reporter an der Rezeption auf uns warteten. Noch einmal stellten wir uns der Presse. Einer der Herren fragte mich, ob ich viel Sport treibe. Meine Antwort, dass ich nicht rauche und außer ein wenig Jogging keinen Sport treibe, veranlasste ihn, in seinem nächsten Bericht ein paar Tage später zu schreiben, dass mir etwas mehr Kondition durchaus nicht schaden könnte. Dies war eine unverblümte Anspielung darauf, dass ich nach meinem Auftritt so ausgepumpt und außer Atem gewesen war. Vielleicht blieb diese Äußerung gar so tief in mir drin, dass ich viele Jahre später soviel Kondition aufbaute, dass ich zum mehrfachen Marathonläufer wurde.

Die Dame von der BILD-Zeitung machte mich noch einmal darauf aufmerksam, dass ich nicht vergessen solle, am Montag die neue Ausgabe zu kaufen, denn es würde ein großer Bericht über uns erscheinen. Barbara Bauditz war ein sehr begehrtes Objekt für Fotografen und Reporter. Ungezwungen stellte sie sich zu Fotos zur Verfügung und beantwortete alle Fragen der Reporter souverän. Frau Schilling bereitete uns darauf vor, dass uns noch einige recht merkwürdige Überraschungen als Folge unseres Auftrittes ins Haus flattern würden. Die hübsche Barbara würde wahrscheinlich mit Heiratsanträgen nur so überschüttet, schätzte sie lächelnd. Nachdem die Presseleute endlich zufriedengestellt waren, kamen wir überein, unsere Zelte abzubrechen und um 11.00 Uhr die Heimreise anzutreten.

Dankbar und herzlich verabschiedeten wir uns von Frau Schilling, die uns in den vergangenen Tagen so unendlich viel geholfen hatte. Sie hatte ganz sicher entscheidenden Anteil am Gelingen der Sendung und an unseren Erfolgen. Dadurch, dass sie uns immer wieder motiviert und aufgebaut hatte, wenn wir begannen, an uns zu zweifeln, und uns schon mal einen Nasenstüber gab, wenn es nötig war, war sie die Seele unseres Teams geworden. Entsprechend wehmütig war auch der Abschied, doch wir trösteten uns gegenseitig, dass es ja ein Wiedersehen geben würde. Auch wir Kandidaten verabschiedeten uns kameradschaftlich voneinander, nicht ohne uns gegenseitig zu versprechen, dass wir uns nicht mehr aus den Augen verlieren wollten. Auf der Rückfahrt unterhielt ich mich angeregt mit meiner Frau. Ich versuchte, mir auszumalen, was mich zu Hause wohl erwartete, wie die bis zur Sendung völlig ahnungslosen Freunde und Bekannten reagieren würden, wie uns die Kinder empfangen würden. Was würde zu Hause wohl los sein?

Die Überraschung zuhause

Es war später Sonntagnachmittag, als wir zu Hause ankamen. Wir trauten unseren Augen kaum, als unser Häusle in Sicht kam: Am Hauseingang war ein riesiger Kistenturm aus 17 Apfelsaftkisten gestapelt und am Haus befestigt, damit er nicht umkippte. An der Haustür befand sich ein Schild mit einem Willkommensgruß. Wir wurden von Nachbarn, die für diesen Kistenturm alle Kisten der Umgebung eingesammelt hatten, mit einem großen Hallo begrüßt. Natürlich freute ich mich sehr über diesen Empfang. Wir hatten noch nicht richtig das Haus betreten, als auch schon die örtliche Presse auftauchte und uns mit Fragen überschüttete. Für ein Foto sollte ich mich neben den Kistenturm stellen. Zwischendurch lief das Telefon heiß. Freunde, Verwandte und Bekannte wollten mich beglückwünschen, sogar Leute, die ich gar nicht kannte, riefen an. Zwischenzeitlich holte ich auch meine 2- und 6-jährigen Töchter von der Oma ab, die während unserer Abwesenheit auf die Kinder aufgepasst und mit den Kindern die Sendung im Fernsehen angesehen hatte. Meine 2-jährige Tochter stammelte beim Wiedersehen was von „Papa Fernsehen", während die 6-jährige meinte: „Papa, warum hat deine Glatze im Fernsehen so geglänzt?"

Am Abend kam noch ein Anruf. Der Organisator eines Stadtfestes bat mich, beim bevorstehenden Fest aufzutreten. Sein Angebot war so verlockend, dass ich spontan zusagte. Nachdem ich aufgelegt hatte, nahm ich mir vor, noch eine Nacht darüber zu schlafen und mich am nächsten Tag endgültig zu entscheiden, ob ich mitmachen wollte oder nicht. Müde, aber glücklich und zufrieden fiel ich an diesem Abend in mein Bett. Am nächsten Tag setzte sich wieder mein ganz normales Leben fort. Ich ging zur Arbeit, wo mich die Kollegen mit einem Blumenstrauß überraschten.

Am Abend lief dann das Telefon wieder heiß: Angebote zu Auftritten bei verschiedenen Veranstaltungen kamen reihenweise. Mir schwirrte der Kopf. Hätte ich überall zusagen wollen, wäre ich wochenlang jedes Wochenende unterwegs gewesen. Ich nahm vorerst keine Angebote mehr an, da ich ein so einmaliges Erlebnis nicht zum Rummelplatzereignis verkommen lassen wollte. Den Herrn, der mich am Vortag etwas überrumpelt hatte, rief ich an und sagte ihm, dass ich bei seiner Veranstaltung nicht auftreten würde. Aufgeregt erklärte er mir, es sei zu spät, einen Rückzieher zu machen, inzwischen habe er die Presse schon informiert und das sei nicht mehr rückgängig zu machen. Wohl oder übel sagte ich also dieses eine Mal zu, nachdem ich mich vergewissert hatte, dass Hartmut und Charly mitmachen würden. Später erfuhr ich, dass dieser Herr nicht nur der Organisator des Stadtfestes, sondern auch ein Pressemann dieser Stadt war und das Ganze sehr wohl noch hätte rückgängig machen können. Er hatte uns jedoch als eine Art Attraktion angesehen, die Gäste anlocken würde, und mich listig dazu gebracht, meine Zusage einzuhalten. Schließlich wurde es auf dem Fest aber doch noch sehr schön und unser Akt klappte auch dort im schönen Emmendingen.

Tage später kamen immer noch Anrufe von Bekannten und Unbekannten und mittlerweile auch jede Menge Post. Leute, die ich schon jahrelang nicht mehr gesehen hatte, Schulkameraden, zu denen keine Verbindung mehr bestanden hatte, machten meine Anschrift ausfindig und schrieben mir nun und erinnerten sich an Schulausflüge, bei denen ich sie als Mitschüler mit Balanceakten belustigte. Eine Schülerzeitung schickte einige ihrer jugendlichen Reporter, da sie einen Artikel für ihre Zeitung machen wollten. Es waren nette junge Leute, denen ich gerne Rede und Antwort stand. Zu einem weiteren Auftritt hatten wir uns doch noch bereit erklärt, da er in meinem Wohnort stattfinden sollte. Der Vorstand der hiesigen DLRG-Gruppe bat mich, bei dem bevorstehenden Fest zugunsten seines Vereines aufzutreten. Es war mir eine Verpflichtung, in diesem Fall mitzumachen, nachdem ich für eine andere Stadt schon zugesagt hatte. Aus Lokalpatriotismus und in der Hoffnung, dem Verein damit ein paar Gäste mehr zu verschaffen und somit die Vereinskasse zu füllen.

Zu unserer Freude stellte sich später heraus, dass trotz des miserablen Wetters eine erfreuliche Besucherzahl zu verzeichnen war, was wir bei aller Bescheidenheit auch ein wenig unserem Auftritt zuschrieben. Dabei war es uns gelungen, einen, wenn auch inoffiziellen, neuen Weltrekord in dieser kuriosen Disziplin aufzustellen. Es war Ehrensache, dass wir unser Wort gegenüber Willi Lüsgen hielten und uns damit nicht um den Eintrag ins Guinnessbuch bemühten.

Man ist im Bild

Natürlich musste ich überall, wo ich hinkam, unsere Geschichte haarklein erzählen. Hartmut und Charly erging es nicht anders. Da sie beide im Außendienst tätig sind, wurden sie bei jedem Kundenbesuch darauf angesprochen. Ob sie damit auch den Umsatz steigern konnten, ist mir bis heute nicht bekannt. Am Montag darauf holte ich mir eine BILD-Zeitung, in der sich tatsächlich ein großer Bericht über die Sendung befand. Selbstverständlich kaufte ich auch die anderen Zeitungen, deren Reporter uns fotografiert und interviewt hatten. Einige Verlage, wie Burda, schickten uns später sogar die Fotoabzüge ihrer Reportagen zu. Das freute uns ganz besonders, denn damit hatten wir noch etwas fürs Erinnerungsalbum. Auch die Berichte der regionalen Tageszeitung „Schwarzwälder Bote" waren gut aufgemacht. Wenige Tage später lächelte uns auf ganzseitigen Anzeigen in Illustrierten unser Schokoladenmädchen Barbara Bauditz entgegen. Fotogen und sehr werbewirksam pries sie eine bekannte Schokoladenmarke an. Suchard hatte sich die Gelegenheit nicht entgehen lassen und ihr sofort einen Werbevertrag angeboten und sie als brünette Schönheit neben eine lila Kuh gestellt.

Prominente sind auch nur Menschen

In den nächsten Monaten genossen wir die Vorzüge der Clubkarte, die es damals für die Teilnahme an *Wetten dass..?* noch gab. Mit dieser Karte konnte ich ein Jahr lang nicht nur sämtliche *Wetten dass..?*-Shows besuchen, sondern vor allem hinter den Kulissen die Stärken, Schwächen und Macken vieler Prominenter „bewundern". Man sitzt zu Hause vor dem Bildschirm und bestaunt und beneidet die sogenannten Stars. In Wirklichkeit sieht vieles anders aus. Gerade auch Prominente sind geplagt von Existenzängsten, Schwächen und auch Genüssen. Viele Zuschauer glauben, ein Künstler sei etwas ganz Besonderes und dürfe eigentlich keine Schwächen haben. Nur wenige werden und bleiben Stars und viele kämpfen um ihren oder einen Job. Wie im richtigen Leben.

Wir Unbekannten unterscheiden uns von den Stars, von wenigen Ausnahmen abgesehen, eigentlich nur dadurch, dass unsere Arbeit der Masse anonym bleibt und nicht vor Kameras abläuft. Auch Prominente sind Menschen wie du und ich. Sie sind oft viel einfacher und unkomplizierter als man denkt. Die essen auch mal lieber nur eine Currywurst, als ständig zu dinieren und haben an ehrlich gemeinten Komplimenten dieselbe Freude wie jeder von uns. Weit gefehlt auch der Glaube, dass Künstler ausschließlich Riesengagen kassieren. Nein - das Gegenteil ist oft der Fall. Viele machen es sogar umsonst. Hauptsache wieder ein Auftritt in der zuschauerstärksten Fernsehshow, die natürlich gute Verkaufszahlen zur Folge hat.

Nur wenige Prominente können noch Bedingungen stellen. Die ganz Großen lassen sich nur einladen, wenn sie dabei für ihren Film oder ihre Platte werben dürfen. Insofern gehen ZDF und die Stars eine Symbiose ein. Der eine profitiert in Form von hohen Einschaltquoten und der Künstler von einer kostenlosen Werbemöglichkeit, die sich für ihn schon nach wenigen Tagen im wahrsten Sinne des Wortes auszahlt. Nachweislich strömen Kinobesucher verstärkt in die Kinos, und die Plattenverkäufe schnellen in die Höhe, wenn wenige Tage zuvor ein Sänger bei *Wetten dass..?* seine neue Scheibe vorgestellt. Oft entgeht dem Fernsehzuschauer die wahre Welt eines Prominenten, und er lässt sich von der Scheinwelt einer ständigen TV-Präsenz blenden, als hätten diese berühmten Menschen ein ausschließlich glückliches und sorgenfreies Leben.

Ich erinnere mich auch an ein Zusammentreffen in einer späteren *Wetten dass..?*-Sendung mit dem damals 17-jährigen Boris Becker und dessen damaligen Trainer Günter Bosch. Boris hatte im selben Jahr erstmals Wimbledon gewonnen und war deshalb Gast bei *Wetten dass..?*. Ein Small Talk mit ihm war nur sehr kurz möglich, nicht nur weil er von Günter Bosch förmlich abgeschirmt wurde und uns der Mumm fehlte, ihn mit irgendwelchen Fragen zu nerven. Er war mit seinem Wimbledon-Sieg über Nacht weltberühmt geworden, wirkte jedoch angenehm zurückhaltend und geradezu schüchtern. Er stand am Anfang einer ungewöhnlichen

Karriere und konnte damals wohl genauso wenig ahnen, dass er schon bald die Nr. 1 der Tenniswelt sein würde und dass ihm viele Jahre später ein ganz besonderes „Match" in einer Londoner Hotel-Besenkammer eine kleine Tochter bescheren würde.

Oder Peter Maffay, ein außergewöhnlich guter Typ. Ein völlig zugänglicher Mensch, der uns sogar in seiner Garderobe empfing und super drauf war, sensibel und sozial. Er ist einer der wenigen Stars, die wirklich „Sterne" sind. Es ist kein Zufall, dass gerade er der Künstler ist, der bisher am häufigsten bei *Wetten dass..?* aufgetreten ist und ganz sicher auch künftig diese Show bereichern wird.

Es macht schon Spaß, Stars etwas näher kennenzulernen. Zugegeben, man urteilt dabei etwas härter als sonst, insbesondere wenn man miterlebt, wie Künstler nach der Sendung von aufdringlichen Damen eindeutige Angebote bekommen. Besonders beliebt sind natürlich zumeist die Sänger von Popgruppen. Das ist besonders dann unerklärlich, wenn man erlebt, wie ein Robin Gibb von den Bee Gees noch heute angehimmelt wird. Stehst du vor ihm, bemerkst du, dass er aussieht wie ein an Magersucht leidender Hippie. Kein Mädchen würde sich nach ihm umdrehen, wäre er nicht berühmt. Es gäbe noch viel mehr über viele Prominente zu berichten, die wir bei verschiedenen *Wetten dass..?*-Sendungen trafen und zu denen wir auch in den Garderoben als Wettkandidaten mit Clubkarte Zugang hatten. Zuviel Klatsch ist mir jedoch zuwider. Wesentlich wichtiger für mich und alle, die es wissen wollen, ist die Tatsache, dass es gar keine oder nur ganz wenige wirkliche Stars gibt. Es gibt nur Menschen wie du und ich und jeder hat etwas, um das man ihn beneiden könnte. Verglichen mit damals maximal fünf Fernsehprogrammen und heute mindestens 30 Programmen besteht zwangsläufig auch höherer Bedarf an Prominenten, die von ihrer eigenen Prominenz nicht genug bekommen können, förmlich nach Kameras lechzen und keine Gelegenheit auslassen, in die Linse zu grinsen. Die wahren Stars sind nach meiner Auffassung nicht die, die wir vom Fernsehen kennen. Es sind Leute, die Gutes und Soziales tun, ohne sich ins Rampenlicht zu stellen. Oder ein schlichter Familienvater, Arbeiter oder Angestellter und Leute, die täglich in ihrem Bereich gute Leistungen vollbringen und mit wesentlich weniger Geld klarkommen müssen.

Wie in allen Lebensbereichen bestätigt auch hier die Ausnahme die Regel. Es gibt wirklich beachtenswerte und respektierte Prominente, die durch kontinuierliche Leistung Vernünftiges bewegt haben und über viele Jahrzehnte in ihrem Metier Hochleistung bringen. Diese Jürgens, Maffays und Beckenbauers sind jedoch eine rare Seltenheit geworden, während heute schon manch einer glaubt, er sei ein Star, nur weil er im Fernsehen die Bühne unfallfrei betreten kann und zwei Sätze am Stück sprechen kann.

Das Jahr nach dem Auftritt

Fast ein Jahr später, im Februar 1986, folgte ich zusammen mit allen anderen Wettkandidaten vergangener Sendungen der Einladung des ZDF zu einer Feier in einem Mainzer Hotel. Dabei waren Frank Elstner, sein Team und alle Wettkandidaten, die in den letzten zwölf Monaten bei *Wetten dass..?* mitgewirkt hatten. Es war sein Geschenk für unser Mitmachen in einer Zeit, in der in Mainz die Narren unter sich waren. Warum sollten wir dabei eine Ausnahme machen? Es ging bei dieser Feier sehr lustig zu, und wir trafen zu Freunden gewordene Mitstreiter unserer Sendung und Wettkandidaten, die wir zuvor oder danach in anderen Sendungen bewundert hatten.

Besonders in Erinnerung blieb mir das sympathische Tanz-Pärchen, das die damals amtierenden Rock`n-Roll-Weltmeister Hermann der gleichnamigen und bundesweit bekannten Tanzschule aus Freudenstadt mit der Anzahl von Schulterrollen besiegen konnte. Oder die beiden Jungs aus Düsseldorf, die am Zuschlagen einer Autotür erkennen konnten, um welches Autofabrikat es sich handelte. Legendäre Wetten, die zum Teil bis heute unvergessen blieben. Alle Kandidaten hatten ihre eigene Geschichte, und jeder hätte wohl selbst auch ein Buch darüber schreiben können. Oft sind die Entstehensweisen der Wetten kurios und von Zufällen geprägt. Alle Kandidaten, die jemals mitgemacht haben, mussten ihre ganz persönlichen Geschichten unzählige Male erzählen. Im Grunde waren die Fragen, die von Freunden, Bekannten, Kollegen und Verwandten gestellt wurden, wohl immer dieselben. Was habt ihr erlebt? Wie ist das so mit Prominenten? Sind die in Wirklichkeit so wie im Fernsehen? Was habt ihr für euren Auftritt bekommen, und was läuft hinter den Kulissen?

In Erinnerungen schwelgen

Auf diesem Treffen gab es also viel auszutauschen, und wir erfuhren, dass sich für manche das Mitwirken bei *Wetten dass..?* noch lang anhaltend finanziell gelohnt hat. So erzählte uns Barbara, die mit ihrer Schokoladenwette in der Sendung gewesen war, dass sie nach der Sendung sofort für die Schokoladenwerbung engagiert wurde und dafür einen fünfstelligen Betrag erhielt. Sie dürfte damit bis heute wohl die einzige geblieben sein, die als Wettkandidatin in der Werbung gefragt war. Leider wurden wir von Punica nicht für eine Werbung engagiert. Mit unseren Bauchansätzen hätte uns wohl auch kein Verbraucher abgenommen, dass wir nur Fruchtsäfte trinken.

Nebenerwerbsbrötchen backte aber auch ein in Deutschland lebender Türke, der 1985 bei *Wetten dass..?* 30 Tennisbälle in einer Hand halten konnte. Er trat mit dieser Nummer bei Tennisclubfeiern auf und verteilte dabei sogar Autogrammkarten. Dass 20 Jahre später sein Sohn Erkan beim Sommer-*Wetten dass..?* aus der Türkei im Jahre 2005 ebenfalls mit einer Tenniswette aufwartete, lässt vermuten, dass der Sohn schon bei der Geburt auf *Wetten dass..?* geeicht wurde. Wer denkt schon vorher daran, welcher Einsatz für solche wenige Minuten dauernde Auftritte von jedem Kandidaten aufzubringen sind? Oft muss wochen- und monatelang dafür trainiert und geübt werden, doch die Erinnerung daran wiegt alle Mühen und Strapazen auf. Es war schön, auf dieser

Feier von den Leiden und Freuden anderer Wettkandidaten zu erfahren. Aus Dankbarkeit für das Erlebte übergaben einige Kandidaten Frank Elstner kleine Präsente oder bedankten sich einfach mit ein paar nett geschriebenen Zeilen für seine angenehme und menschlich tolle Umgangsart. Ich selbst hatte leider nicht daran gedacht, Frank Elstner im Rahmen dieser Feier auch mit etwas Originellem zu überraschen, obwohl ich sonst um Ideen nicht verlegen bin.

Daher nahm ich mir vor, ein Dankeschön an Herrn Elstner nachzuholen. Wenige Wochen nach dieser Feier - ich war gerade 31 geworden - absolvierte ich als Exgedienter eine letzte vierwöchige Wehrübung bei der Bundesmarine an Bord eines Versorgungsschiffes. Dort war ich in der Wachtmeisterei - so heißt auf einem Schiff die Schreibstube - eingesetzt. Eigentlich sollte das Schiff zu einer Übung in die Gewässer Englands auslaufen, doch ließ die im Winter 1986 zum Teil zugefrorene Ostsee kein Auslaufen zu. Damit verlief auch mein Einsatz auf dem Schiff anders als geplant. Zunächst fragte ich den dortigen Vorgesetzten, was denn als Arbeit für mich anliege. Dieser meinte, ich wäre doch Kaufmann und genau der Richtige, der alle Leitz-Ordner neu beschriften sollte. Als ich dann diese vom Steuerzahler finanzierte Weiterbildung in Sachen Ordnerbeschriftung nach drei Tagen abgeschlossen hatte, stellte sich Langeweile ein.

Die Schreibwut bricht aus

Jetzt dachte ich zurück an das *Wetten dass..?*-Fest und wollte die Langeweile und die Zeit nutzen, Herrn Elstner noch ein paar Zeilen zu schreiben. Dabei dachte ich so an ein paar DIN-A4-Seiten, mit denen ich ihm meine Gefühle und Erlebnisse vermitteln und mich bei ihm für das Erlebte bedanken wollte. Dazu setzte ich mich an die seinerzeit bewährte Bundeswehreinheitsschreibmaschine Marke „Schlagwerk" und begann zu schreiben. Nach wenigen Seiten machte mir das Schreiben soviel Spaß, dass ich munter weiter schrieb. Am Ende dieser Wehrübung konnte ich zwar nicht behaupten, das Vaterland pflichtgemäß verteidigt zu haben, hatte jedoch mit über 100 voll geschriebenen DIN-A4-Seiten etwas nicht minder „Produktives" geleistet.

Ich erschrak über meine eigene Schreibwut. Dasselbe Empfinden hatte meine Frau, als sie dann zu Hause das Ergebnis meiner vierwöchigen Abwesenheit zu sehen bekam. Was ich denn damit anfangen wolle, fragte sie mich. Ich sagte ihr, dass ich das Ganze nun zu einem Hefter zusammenfüge und als Dankeschön für die erlebnisreichen Tage bei *Wetten dass..?* an Frank Elstner schicke. Das tat ich dann auch und war verdutzt, als er mich wenige Tage später anrief und sich bei mir für diese „Lektüre" bedankte. Ich spürte, dass sein Dankeschön nicht nur eine lapidare Geste war, sondern dass er von meinen Erinnerungen angetan war und ihm meine Mühe ein Anruf Wert war.

Die Kopie dieser Erzählung steckte ich in eine Schublade zu all den anderen Erinnerungen und Fotos aus „meiner" damaligen Sendung. Damit schloss ich die Akte „*Wetten dass..?*" und sah dieses Erlebnis als abgehakt, wenngleich mich die Erinnerungen daran oft einholten und ich auch viele Jahre danach immer wieder von vielen Seiten auf *Wetten dass..?* angesprochen wurde und meine Erlebnisse nicht ungern erzählte.

20 Jahre später - Mai 2005

Ja - wie in jedem Menschenleben hat sich in den letzten 20 Jahren auch in meiner Familie und bei mir selbst viel ereignet. Gutes, Schlechtes, Pech und Glück. Das Glück überwog jedoch. Der liebe Gott hielt unsere Familie gesund und schenkte uns nach zwei Töchtern vor 16 Jahren noch einen Sohn. Christoph, der das *Wetten dass..?*-Chromosom wohl schon bei der Geburt in sich hatte, sollte später gar noch eine ganz zufällige Rolle bei einer solchen Sendung einnehmen. Beruflich machte ich eine solide Karriere und war viele Jahre als Vertriebs- und Marketingleiter tätig, bevor ich mich vor ein paar Jahren selbständig machte. Ich repräsentiere in Süddeutschland eine exklusive Möbelkollektion renommierter deutscher Hersteller, entwickle Schlafzimmermöbel für Aufgeweckte, und referiere gelegentlich auf Marketingkongressen, da ich mindestens so gerne rede wie ich schreibe. Bei all diesen Aktivitäten bemühe ich mich stets, meinen persönlichen Humor zu bewahren, der gerade dann immer besonders hilfreich war und ist, wenn die Tage mal nicht so laufen wie man es gerne hätte.

Mein Humor ging jedoch nie soweit, jemals daran zu denken, irgendwann noch einmal bei *Wetten dass..?* mitzuwirken. Wäre da nicht der Bericht in der „Welt am Sonntag" im Frühjahr 2005 gewesen, hätte ich es ganz sicher dabei bewenden lassen, meinen über 20 Jahre zurückliegenden *Wetten dass..?*-Auftritt als eine Einmaligkeit in Erinnerung zu behalten. Ich sah darin etwas Einzigartiges, das man nicht wiederholen kann, zumal das Zustandekommen meines Auftrittes vor über 20 Jahren an

Zufälligkeit und Kuriosität nicht zu überbieten war. Außerdem war ich nun 50 Jahre alt geworden. Ein Alter, in dem man sich zwar ein Stück Kind im Manne nach innen bewahren darf, jedoch in der Sache und nach außen doch eher seriös und den Gepflogenheiten dieser Reife entsprechend auftritt.

In über 25 Jahren *Wetten dass..?* gab es einige Kandidaten, die es doch tatsächlich geschafft hatten, mit verschiedenen Wetten ein zweites Mal als Wettkandidat dabei zu sein. Einem gelang es gar, dreimal bei *Wetten dass..?* zu sein, und er ließ sich dazu immer neue Wetten einfallen, die der ZDF-Redaktion und letztlich auch den Zuschauern gefielen.

Zweifellos leidet *Wetten dass..?* gelegentlich nur etwas daran, dass sich die Wetten immer mehr ähneln und sich in den letzten zweieinhalb Jahrzehnten schon der zigste Schaufel-Rad-Bagger-Stapler-Fahrer als Wettkandidat bemüht hat, das Nadelöhr zu finden und den Nippel durch die Lasche zu ziehen. Klar, der Zuschauer ist verwöhnt und erwartet von jeder Wette einen noch größeren Kick; gleichzeitig wird es immer schwieriger, kuriose und originelle Wetten bzw. Wettkandidaten zu finden. Das Angebot von Wetten ist nach wie vor ungemindert groß, doch oft reicht die Substanz für eine Fernsehreife nicht aus. Die Folge mangelnder Substanz ist die, dass *Wetten dass..?* heute schon gelegentlich auf ausländische Kandidaten bzw. deren attraktiven Wetten setzt oder gelegentlich wieder ein Kandidat dabei ist, den man schon mal gesehen hat.

China lockt

Nein - dazu wollte ich nicht gehören und hielt es einfach für ausgeschlossen, nochmals „Blödsinn" zu machen. Dann las ich diesen Bericht in einer Sonntagszeitung, der mich förmlich elektrisierte. Darin war zu lesen, dass sich *Wetten dass..?* auch in China zu einem Publikumsmagneten entwickelt, nachdem die Gottschalk-Brüder im Herbst 2004 die Lizenzrechte an das chinesische Staatsfernsehen verkauft hatten. Als einen, der in 25 Jahren *Wetten dass..?* keine einzige Sendung versäumte, der vor 20 Jahren selbst dabei war und noch nie in China war, hatte mich dieser Bericht natürlich besonders interessiert.

Mensch, das wäre doch mal eine Chance, kostenlos nach China zu kommen, dachte ich. Ich wollte schon immer mal nach Asien und träumte von den Städten Peking und Hongkong. Nichts konnte mich daran hindern, jetzt auf diese Reportage zu reagieren. Ich blieb jedoch auf dem Teppich und war mir bewusst, dass ich als Wettkandidat, der vor zwei Jahrzehnten einmal bei *Wetten dass..?* war, wohl keine Chance hätte, nach dieser langen Zeit in China aufzutreten. Die Sehnsucht nach China selbst, dem Land und der Kultur, war noch größer als mein Verlangen, nochmals im Fernsehen zu sein. Meine spontane Vision war deshalb vielmehr die, mich beim chinesischen *Wetten dass..?* zu bewerben, um zu einer günstigen China-Reise zu kommen. In diesem Denken wurde ich der schwäbischen Spar-Mentalität sicher gerecht.

Allein schon dieses Ziel motivierte mich, den Redakteur von der „Welt am Sonntag" ausfindig zu machen, der für den

Bericht verantwortlich war. Es war kein Problem, seinen Namen und seine E-Mail-Adresse in Erfahrung zu bringen. Ich mailte ihn an und fragte ihn, ob er als Verfasser des Berichtes den chinesischen Kontaktmann kenne bzw. denjenigen, der dort für *Wetten dass..?* zuständig sei. Zu diesem Zeitpunkt war mir aus dem Zeitungsartikel zwar bekannt, dass das Gottschalk-Unternehmen „dolce-media" in München die Rechte nach China verkauft hatte, jedoch nicht, dass dieses Unternehmen unter der Leitung des Gottschalk-Bruders Christoph in China mit aktiv ist. Als mir der nette Herr von der „Welt am Sonntag" die E-Mail-Adresse eines Herrn Dr. Wang mitteilte, war ich nicht mehr zu bremsen.

Kontakt mit Dr. Wang

Wenige Tage nach meinem 50. Geburtstag im Februar 2005 nahm ich dann mit Herrn Dr. Wang Kontakt auf. Ich schrieb ihm, dass ich schon vor 20 Jahren in Deutschland dabei war und nun Interesse daran hätte, dasselbe „Kunststück" auch in China zu zeigen. Im Nu hatten wir eine freundliche Kommunikationsebene, und Herr Wang interessierte sich sehr für meine Wette. Ich sollte ihm eine Kassette meiner damaligen Darbietung in sein Büro nach Wien schicken, von wo er zwischen Deutschland und China agiert. Er ist der Produzent der chinesischen Ausgabe und meldete sich nach nur wenigen Tagen wieder. Bei diesem Gespräch signalisierte er, dass meine Chancen groß seien und er nun versuchen wolle, meine Wette in eine der nächsten Produktionsstaffeln einzubauen. Während meine Wette vor 20 Jahren in Deutschland so formuliert war: „Ich wette, dass ich 17 Fruchtsaftkisten länger auf dem Kinn balancieren kann als der amtierende Weltmeister", bot ich Herrn Wang für das chinesische Publikum eine Umformulierung der Wette an. Ich war mir klar, dass ich mir schon etwas Besonderes einfallen lassen musste, um meine alte Wette „verkaufsfördernd" auf chinesische Interessen abzustimmen. Mit der Formulierung „Ich wette, dass ich 17 Fruchtsaftkisten länger auf dem Kinn balancieren kann als der beste chinesische Artist" konnte ich die Begeisterung von Herrn Wang gewinnen. Natürlich nahm ich damit den Mund verdammt voll, zumal ich zu diesem Zeitpunkt nicht wusste, ob ich überhaupt noch ein paar wenige Kisten balancieren könnte. Eine solche Wette gegen einen chinesischen Artisten zu gewinnen, schien mir von vornherein ganz unmöglich. 20 Jahre lang hatte ich keine einzige Kiste mehr in die Hand genommen, um sie auf dem Kinn zu balancieren. Doch damit belastete ich mich zunächst nicht. Mein Drang, kostenfrei nach China zu kommen, ließ mich meine Bedenken ertragen.

Ich war gespannt, ob ich tatsächlich für eine Sendung in China vorgesehen würde. Es verging keine Woche, bis ich Gewissheit bekam. Ich sollte tatsächlich in China dabei sein. Herr Wang fragte mich, ob ein Zeitraum im Mai - also gerade mal zwei Monate nach der ersten Kontaktaufnahme - für mich realisierbar wäre. Ich sagte prompt zu und hatte das Glück, dass die Pfingstferien in diesen Zeitraum fielen; deshalb plante ich sofort, meinen 16-jährigen Sohn und meine Frau mit auf diese Abenteuerreise zu nehmen. Ich wollte dieses neue *Wetten-dass..?*-Erlebnis im Reich der Mitte mit meiner Familie teilen.

Nun ging alles sehr schnell. Zwischen der Zusage und dem Abflug lagen genau zwei Wochen. Also galt es, schnell die Visa zu besorgen. Da ich beruflich in München zu tun hatte, verband ich den Aufenthalt dort mit einem Besuch auf dem chinesischen Konsulat. Die chinesischen Beamten waren in ihrer nicht zu überbietenden Unfreundlichkeit keine gute Werbung für ein Land, von dem wir im Vorfeld eine positive Meinung hatten. Sie erweckten wirklich den Eindruck, als wären sie selbst der Kaiser von China. Keine Spur von der Liebenswürdigkeit, wie wir sie später in China allseits erfahren durften. Zwischenzeitlich hatte mich Herr Wang auch gefragt, was für Getränkekisten er besorgen solle. Ich bezweifelte sehr, dass es in China Punica-Fruchtsaftkisten oder vergleichbare Kisten gibt, und schlug ihm vor, dass wir die Kisten aus Deutschland mitnehmen. Aber nicht nur von den Schwaben, auch von den Chinesen kann man das Sparen lernen. Der Transport im Flieger hätte zusätzliche Kosten verursacht, und Herr Wang meinte, dass man auch in China auf jeden Fall passende Kisten finden würde. Ich rief dennoch bei dem deutschen Hersteller dieser edlen Fruchtsäfte an, um zu klären, ob es den Fruchtsaft auch in China gäbe. Leider wurde das verneint, und auch andere in Deutschland bekannte Fruchtsafthersteller hatten in China keinen Markt und damit auch keine Kisten, die für meinen Balanceakt geeignet gewesen wären. Ich wollte einfach nichts dem Zufall überlassen und sicher sein können, dass bei meinem Eintreffen in China Kisten bereitstehen, mit denen mein Akt überhaupt funktionieren konnte.

Kiste ist nicht gleich Kiste

Nach allen Bemühungen darum blieb die Erkenntnis: Es gibt bisher nur ganz wenige deutsche Getränkehersteller, insbesondere Biermarken, die auf dem chinesischen Markt vertreten sind. Daher musste ich in meine Planungen und Überlegungen auch einschließen, dass ich in China keine leichten Fruchtsaftkisten, sondern wohl nur die wesentlich schwereren Bierkisten vorfinden würde. Parallel zu diesen Gedanken war ich gefordert, nach über zwei Jahrzehnte langer Balanceabstinenz wieder zu üben.

Zum Üben hatte ich gerade mal zwei Wochen Zeit und überlegte, wo ich denn üben könnte. Wie schon vor meinem Auftritt im deutschen *Wetten dass..?* konnte ich mich natürlich nicht in den Garten stellen und Kisten balancieren. Wie damals wollte ich alles geheim halten und wollte schon gar nicht, dass mir jemand beim Üben zuschauen konnte. Die 17 Übungskisten von 1985 hatte ich seither - sozusagen als Erinnerung - in meiner Garage gelagert, und nun mussten sie wieder herhalten. Vom Rot der Kisten war vor lauter Staub und Dreck nicht mehr viel zu sehen. Zu später Stunde, als die Nachbarn schon schliefen, lud ich die Kisten ins Auto, um diese an einer Autowaschanlage mit Hochdruck zu reinigen. Danach verstaute ich jeweils vier Kisten in einen blauen Müllsack, so dass niemand beim Blick in mein Auto erkennen konnte, was ich durch die Gegend fuhr. Leider konnte ich meine Freunde Charly und Hartmut, die mir 20 Jahre zuvor eine gute Stütze waren, nicht miteinbeziehen. Zu gerne hätte ich auch ihnen den Trip nach China gegönnt, doch wollte man keinen Auftritt zu dritt, da dies den Etat des chinesischen Fernsehens überstiegen hätte.

Geheimes Training

Ich nahm also die Säcke mit auf meine Außendiensttouren und suchte mir jeweils zur Mittagsstunde einen Sportplatz in kleineren Orten, einige Kilometer entfernt von meinem Wohnort. Dort sah ich mich sicher, während der Mittagspause allein zu sein und keine ungebetenen Zuschauer zu haben. Beim ersten Üben kam auch gleich die Ernüchterung. Noch nicht mal drei Kisten konnte ich länger als ein paar Sekunden balancieren. Wie sollte das auch funktionieren, wenn man 20 Jahre lang keine Kiste mehr auf dem Kinn hatte? Das Balancegefühl kam nicht auf Anhieb zurück, und mein Kinn wehrte sich noch zu sehr gegen den Druck des Kistengewichtes.

Am Tag darauf lief es schon wesentlich besser. Immer mehr Kisten hielten es mit mir aus und ich mit ihnen. Am dritten Übungstag wollte ich es dann wissen. Da man allein auf weiter Flur wegen der Höhe von fünf Metern keine 17 Kisten übereinander stapeln kann, baute ich zwei Türme mit je sieben Kisten - so hoch wie meine Arme eben reichten. Ich stellte dann einen Turm auf den anderen. Mit mehr als 14 Kisten konnte ich also nicht proben, war mir jedoch sicher, auch 17 zu packen, wenn es mit 14 klappen würde. Und es klappte! Es war wie vor 20 Jahren - als wäre alles erst gestern gewesen. Ich fühlte mich wieder sicher mit meinen Originalkisten. Diese 850 Gramm leichten Kisten sind wegen ihrer Leichtigkeit zwar schwerer zu stapeln und in Balance zu halten, doch einfacher auf dem Kinn zu ertragen als wesentlich schwerere Bierkisten. Um auch halbwegs auf schwerere Bierkisten vorbereitet zu sein, hatte ich mir zur Vorsicht bei einer bekannten Schwarzwälder Brauerei in

Rothaus zehn leere Bierkisten besorgt, um es auch damit zu probieren. Das Üben klappte auch mit diesen zehn Bierkisten, wenngleich der Druck auf Kinn und Unterkiefer erheblich größer war. Wie es mit gar 17 Bierkisten sein würde, versuchte ich zu verdrängen, ahnte jedoch, dass mich das in China erwarten könnte. Damit hätte ich wohl vor einer unlösbaren Aufgabe gestanden. 17 Bierkisten mit 27 Kilogramm Gewicht - nein, bloß nicht.

Herr Wang bat mich zwischendurch erneut, ich möge mir keine Sorgen machen, da es in China alle möglichen Kisten gäbe und wir diese dann vor Ort in Peking aussuchen könnten. Auf die Frage, wer denn mein Gegner sein werde, wusste er noch keine Antwort. Allerdings wollte er noch dafür sorgen, dass ein berühmter Artist oder der beste chinesische Balancekünstler gegen mich antreten werde. Ich hatte natürlich gewaltig Respekt davor, ja eigentlich Angst, auf einen chinesischen Spitzenartisten zu treffen. Herrn Wang schlug ich vor, dass es auch nicht der allerbeste sein müsse. Ich wollte ja schließlich auch eine Chance haben.

Xiang tioazhan ma - *Wetten dass..?* auf Chinesisch

Die fünftägige Reise in ein neues *Wetten dass..?*-Abenteuer stand nun unmittelbar an, und ich freute mich, meine Frau und meinen Sohn mit dabei zu haben. Wie uns Herr Wang sagte, würden zeitgleich mit uns weitere deutsche Wettkandidaten nach China kommen. Also waren wir gespannt, wen wir dort zu sehen bekommen würden, und schauten uns schon auf dem Flug nach Peking überall im Flieger um, wer denn noch ein Wettkandidat sein könnte. Es fiel uns nicht schwer, das herauszufinden. Da der Flieger proppevoll mit Asiaten war und nur wenige Fluggäste europäische Gesichtszüge trugen, tippten wir auf ein Ehepaar mit zwei Jungs im pubertären Alter und auf zwei junge Männer, die unmittelbar vor uns saßen und ständig mit den Stewardessen zu flirten versuchten. Trotz unserer Spekulationen und der Tatsache, dass wir alle *Wetten dass..?*-Sendungen gesehen hatten, erschienen uns die Gesichter jedoch nicht bekannt.

Nach der Landung sollte sich unsere Vermutung allerdings bestätigen. Ein eigens für uns abgestellter chinesischer Reiseleiter suchte seine deutschen Schäfchen zusammen. Dabei fanden sich genau die zusammen, von denen wir es vermutet hatten. Die jungen Eltern mit ihren beiden Jungs waren die netten Radlingers aus Nürnberg. Die Jungs aus der fränkischen Metropole, im Alter von 14 und 16 Jahren, hatten wenige Monate zuvor ihre Wette bei Thomas Gottschalk im deutschen *Wetten dass..?* vorgeführt und bewiesen, dass sie auf ihrer Carrera-Rennbahn die Geräusche all ihrer 50 Rennautos einzeln kennen und erhören können. Die Wette war im deutschen Fernsehen so gut angekommen, dass die Jungs sofort nach China eingeladen wurden. Die anderen, zwei junge Männer um die 25, waren Freunde aus Hamburg. Einer davon war für eine artistische Karate-Wette vorgesehen und der andere, mir tat schon der Kopf vom Zuhören weh, wollte im chinesischen *Wetten dass..?* 20 Melonen mit dem Kopf spalten. Na ja, ein bisschen verrückt muss man schon sein, und davon konnte ich mich ja nun auch nicht ganz ausschließen, als ich den anderen erzählte, was ich so vorhabe.

Auf Anhieb mochten wir uns alle und hatten schon auf der Fahrt mit dem extra für uns gecharterten Kleinbus viel Spaß. Die Radlinger-Buben erzählten von ihrem deutschen *Wetten dass..?*-Auftritt, der erst wenige Wochen zurücklag, und sprachen ganz begeistert über Thomas Gottschalk. Er sei in Wirklichkeit genauso wie im Fernsehen und immer gut drauf. Sie hätten mit ihm viel Spaß gehabt und zeigten sich auch zu Recht stolz, dass sie nun die bisher Jüngsten sein sollten, die auch in China mitmachen dürften. Als sie mich fragten, wie ich denn den Gottschalk fand, musste ich die Jungs aufklären, dass ich den Thomas Gottschalk natürlich auch mag, aber bei meinem Auftritt vor 20 Jahren noch Frank Elstner der Moderator war. In einer Zeit, als sie selbst noch gar nicht auf der Welt waren.

Unser Reiseleiter erzählte uns auf der Fahrt zum Hotel, wie alles ablaufen würde. Schnell erfuhren wir, dass er uns die nächsten vier Tage zu allen Fernsehaktivitäten begleiten sollte und mit uns auch verschiedene Ausflüge machen würde. Als ich unseren Reiseleiter nach seinem Namen fragte und dieser mit „Wang" antwortete, war ich etwas verdutzt.

Ich fragte ihn, ob er auch der Herr Wang wäre, mit dem ich die ganze Korrespondenz führte und der mich als Produzent der Sendung nach Peking einlud. Nein - er war es natürlich nicht. In China heißen wohl die meisten Wang - übrigens das einzige Wort, das mir aus dem chinesischen Wortschatz geblieben ist.

Im Hotel angekommen, schnupperten wir erstmals chinesisches Flair. Vom Hotel selbst waren wir anfangs etwas enttäuscht, da wir uns bei aller Bescheidenheit ein etwas schöneres Hotel ausgemalt hatten. Schaut man in die Reisekataloge asiatischer Reiseziele, sieht man nur schöne Hotels und glaubt nun, das müsste in Peking auch so sein. In Peking ist das Hotelniveau insgesamt nicht hoch, und es gibt im Vergleich zu anderen Metropolen der Welt nur wenige absolute Spitzenhotels. Schon die Fahrt zum Hotel zeigte, welche unterschiedlichen Welten des Wohlstandes und der Armut bzw. der Bescheidenheit hier aufeinander prallen. Unsere Spannung war groß. Was würde auf uns zukommen? Wie würden wir alles meistern und was würden wir von Peking zu sehen bekommen?

Vielleicht bin ich doch kein ganz eingefleischter *Wetten dass..?*-Verrückter, wenn ich zugebe, dass meine Gier nach der chinesischen Mauer und einer Pekingente nicht kleiner war als nach der eigentlichen Aufgabe. Die Aufgabe selbst, als Wettkandidat aufzutreten, sah ich doch etwas entspannter als noch vor 20 Jahren. Ich konnte nicht verlieren. Ich wusste, wenn was schiefginge, würde es in Deutschland niemand merken, und wenn es klappen würde, dann wäre ja alles okay. Dennoch wollte ich zuvor niemanden von meinem Trip nach China erzählen. Ich hatte einfach den Aberglauben, dass alles schief gehen würde, wenn ich schon vor meinen Trip mein Vorhaben Bekannten und Freunden erzählte.

Die chinesische Fernsehwelt

Nach einem intensiven Frischmachen sollten wir noch am Tag unserer Ankunft in der Halle erscheinen. Obwohl die Halle leicht zu Fuß zu erreichen war, wurden wir in Begleitung von Wang dorthin chauffiert und waren sehr neugierig. In der Halle angekommen, erwartete uns im Groben betrachtet eine Atmosphäre, als wäre die Halle irgendwo in Deutschland. Nur die sehr bunte, prunkvoll aufgebaute Kulisse mit allerlei für uns nicht lesbaren chinesischen Schriftzeichen machte uns klar, wo wir sind. *„Wetten dass..?"* ist in China nicht wörtlich übersetzt. Glücksspiele sind in China verboten, also darf auch nicht gewettet werden. In China heißt die Sendung „Xiang tioazhan ma". Ins Deutsche übersetzt heißt dieser Zungenbrecher „Stellst du dich der Herausforderung?"

Ansonsten war mir alles vertraut. Der kilometerlange Kabelwirrwarr hinter den Kulissen, die Treppe, auf der der Moderator die Show eröffnet, die Kameras und nicht zuletzt auch unzählige Leute, die etwas zu sagen haben. Noch bevor wir uns den chinesischen Fernsehleuten vorstellen konnten, waren wir schon mittendrin in einem Sammelsurium von Redakteuren, Aufnahmeleitern, Kameramännern und Kabelträgern. Dieser erste Einblick in die chinesische Fernsehwelt vermittelte uns, dass es dort viel lockerer und legerer zugeht, was natürlich für eine übersichtliche Organisation nicht unbedingt von Vorteil ist. So war zunächst nicht zu erkennen, wer eigentlich unser Ansprechpartner ist. Alle

Fernseh-Beteiligten redeten ständig durcheinander. Auch wenn nichts zu verstehen war, war es lustig, sich alles anzuhören und nur nach den Gesten zu urteilen, was nun passieren sollte.

Unser Reisebegleiter Wang stand ebenso hilflos dabei, konnte jedoch als Dolmetscher fungieren. Erst dachten wir, er wäre im Fernsehmetier etabliert, doch stand er selbst erstmals auf Fernsehboden. Er war nur dazu angeheuert worden, uns zu begleiten, kannte die Show selbst bisher nur vom Fernsehen. Jeder deutsche Kandidat nutzte seine guten Deutschkenntnisse, um seine Anliegen in die chinesische Sprache übersetzen zu lassen. Solange, bis Eva kam. Eva, eine hübsche Chinesin etwa Mitte Zwanzig, hatte uns sofort als die deutschen Kandidaten identifiziert. Dies war auch nicht besonders schwer, da wir die einzigen „Langnasen" in dieser Halle waren. Dieses Kosewort, die von den Chinesen bevorzugte Bezeichnung für Europäer, traf auf mich selbst gar in idealer Weise zu, da die Länge meines Riechorganes zufälligerweise auch über dem deutschen Durchschnitt liegt.

Eva stellte sich als unsere Dolmetscherin und Ansprechpartnerin vor und machte einen sehr netten und umgänglichen Eindruck. Wir überschütteten sie gleich mit unzähligen Fragen. Meine wichtigste Frage war die nach den Kisten für meinen Balanceakt. Ihre Antwort, dass die Kisten da seien, beruhigte mich. Als sie mir dann die Kisten zeigte, war meine Ruhe dahin. Oh Schreck! Was waren das für Kisten? Nie zuvor hatte ich so große Getränkekisten gesehen. Bei genauer Betrachtung fiel mir auf, dass es Kisten waren, in die 24 verdammt große Flaschen passten. Also wesentlich länger, breiter und höher und damit auch wesentlich schwerer als deutsche Bierkisten. 17 solcher Kisten wiegen 45 Kilogramm, während mein 20 Jahre zuvor erprobter Kistenturm gerade mal Drittel davon wog.

Wo ist der Gegner?

Verärgert sagte ich Eva, dass man völlig falsche Kisten besorgt hatte und es offensichtlich in China doch nicht alle Sorten von Kisten gebe. Sie konnte mich jedoch mit ihrem Charme beruhigen und versprach mir, vielleicht andere Kisten besorgen zu können. Aber ihren Gesichtszügen war anzusehen, dass das eine gut gemeinte Beruhigungsfloskel war. Ich solle dann zur Not eben keine 17, sondern vielleicht nur acht Kisten balancieren. Das wäre kein Problem. Hauptsache, die Wette käme gut rüber. Als ich sie dann fragte, wer denn mein Gegner sei, meinte sie wie ganz selbstverständlich, dass ich keinen Gegner habe und die Wette einfach als Solist vorführen solle.

Ich war sehr überrascht darüber, da ich doch im Land der Artisten mit einem starken Gegner gerechnet hatte. Gleichzeitig war ich etwas erleichtert, dass es zusätzlich zu den schweren Kisten nicht auch noch einen schweren Gegner gab. Vorausgesetzt, es wären keine neuen leichteren Kisten zu beschaffen, einigten wir uns auf die Wettformulierung „Ich behaupte, dass ich acht leere chinesische Bierkisten mit einem Gewicht von 24 Kilogramm 15 Sekunden auf dem Kinn balancieren kann". Das Wort „wette" durfte in der Formulierung nicht vorkommen. Eva erklärte, dass in China grundsätzlich und nirgendwo gewettet werden dürfe. Es geht beim chinesischen *Wetten dass..?* mehr darum, etwas Kurioses und Einmaliges vorzuführen. Also eine zu bestehende

Herausforderung. Damit entfällt die Formulierung „ich wette…", und am passendsten wäre eine grundsätzliche Formulierung wie „Ich fordere mich selbst heraus, das und das zu tun".

Während dieser Aufklärung war Harry, der Vater der beiden Jungs aus Nürnberg, nicht minder nervös, da auch er in der Halle noch das richtige Werkzeug für die Ausführung der Wette seiner Buben ausfindig machen musste. Er brauchte eine 9 x 3 Meter große Platte, auf der seine Buben die Riesen-Carrera-Bahn aufbauen konnten. Eine solche Platte war jedoch weit und breit nicht zu sehen. Harry drängte dann vehement auf eine schnelle Beschaffung. Die Rennbahn selbst und die 50 Rennwagen hatte er in einer großen Kiste von Nürnberg mit dem Flieger nach Peking gebracht. Hätte ich das mit meinen Kisten mal auch so gemacht, dachte ich bei mir. Zwischenzeitlich waren auch die beiden jungen Männer aus Hamburg schon zugange, zwei ganz Verrückte, von denen einer schon mal in China bei *Wetten dass..?* aufgetreten war. Für seine Karatenummer brauchte er unbedingt noch bestimmte Ziegel, weil seine Original-Ziegel auf dem Flug nach Peking im Koffer auseinander gebrochen waren und keinen Karateschlag mehr nötig hatten. Sein Freund, der 20 Melonen mit dem Kopf spalten wollte, war auf der Suche nach dem richtigen Tisch für die Ablage seiner Melonen. Dass er in seinem Leben schon öfter Melonen mit dem Kopf gespalten hatte, war seiner lädierten Stirn anzusehen. Wir hofften, dass bei der Ausführung seiner Wette seine eigene „Melone" heil blieb.

Wir waren noch keine Stunde in der Halle und hatten uns schon an diesen Stallgeruch gewöhnt. Wenn du Hallenluft

145

riechst, steigt dein Puls automatisch. Als Fernsehzuschauer sieht man nur die paar Minuten; und keiner kann sich vorstellen, wie angespannt ein Kandidat ist, bis alles vorbei ist. Ist alles gut präpariert? Werde ich in Form sein? Wie wird die Wette beim Publikum ankommen? Fragen, die dich an nichts anderes mehr denken lassen. Jeder Kandidat kennt diese Gefühle, möchte gut aussehen, nicht verlieren und sich schon gar nicht blamieren. Es empfiehlt sich daher grundsätzlich, vor einem *Wetten dass..?*-Auftritt den Mund nicht zu voll zu nehmen und nur einen engen Kreis von Vertrauten in das Vorhaben einzuweihen. So hatte ich das vor 20 Jahren und jetzt auch in China gemacht. Das vermeidet unnötigen zusätzlichen Druck, und die Freude ist später umso größer.

Eva informierte uns nun über den weiteren Ablauf der folgenden Tage. Vier verschiedene *Wetten dass..?*-Sendungen sollten an den folgenden vier Tagen produziert und aufgezeichnet werden. Im Gegensatz zum deutschen „*Wetten dass..?*" wird die chinesische Ausgabe aufgezeichnet, dauert nur eine Stunde und wird jeden Sonntag ausgestrahlt. Durchschnittlich über 100 Millionen Chinesen, und mit jeder Sendung werden es mehr, erfreuen sich an diesem Format und haben ganz besonderen Spaß an den Vorführungen von „Langnasen". Also waren wir mit unseren Darbietungen auch gerngesehene Gäste. Eva bat mich gleich an diesem ersten Abend darum, mit den schweren Kisten ein bisschen zu üben.

Mein Sohn, der Assistent

Das tat ich und versuchte erstmals mit diesen seltsam großen, blauen und fürchterlich schweren Bierkisten meinen
Balanceakt. Beim Stapeln war mir ein netter Chinese behilflich, und ich versuchte es gleich mit allen acht Kisten.
Gerademal zur Balance auf das Kinn aufgesetzt, brach der
schwere Kistenturm zusammen. Beim Herabfallen der Kisten streifte eine meine Schläfe, Blut tropfte auf den
Hallenboden. Die Umstehenden zeigten eine Mischung aus
Skepsis, Mitleid und Hilflosigkeit. Als ich ihnen zeigte, dass
es nur eine kleine Schürfwunde ist, waren alle sehr erleichtert. Ich auch. Nun galt es noch zu organisieren, wer mir in
der Sendung als Stapler helfen würde. Da mein Sohn sowieso ständig dabei war, machte Eva den Vorschlag, doch
meinen Sohn mit auftreten zu lassen. Christoph war, ohne
dass ich ihn drängen musste, gleich damit einverstanden,
und ich freute mich mit ihm.

Ständig waren wir auf der Ausschau nach dem Moderatorenpaar, auf dessen Art und Aussehen wir natürlich sehr
gespannt waren. Jetzt erst kapierten wir, dass die Moderatoren längst unter uns waren. Unauffällig und ganz leger
gekleidet waren sie mit den Redakteuren zusammen, um für
die morgige Produktion das Nötige zu besprechen. Eva
stellte uns das Moderatorenpaar vor. Während in Deutschland Thomas Gottschalk ohne Assistentin arbeitet, hat sich
in China das Moderatorenpaar bestens bewährt. Sie, eine
optische Göttin und für eine Chinesin sehr groß. Und er, ein
ganz Netter, auch etwa um die 25 Jahre alt, aber schon ein
„alter Hase". Beide strahlten die Souveränität aus, als würde
bei der Aufzeichnung der Sendung schon alles klappen.

Währenddessen ertönte nach wie vor ein unaufhörliches Geschnatter in der Halle. Ich verstand immer nur wang, tschang und ling. Ich war skeptisch, wie sich ein solches Durcheinander zu einer guten Sendung zusammenfügen sollte.

Nachdem für den nächsten Tag alles besprochen war, fuhren wir mit Wang in das Hotel zurück. Auf der Fahrt dorthin informierte er uns, dass wir in den nächsten Tagen nicht nur die Halle, sondern auch die schönen und wichtigen Sehenswürdigkeiten in und um Peking zu sehen bekommen und er uns mit dem Kleinbus dabei begleiten würde. Auf dem Plan standen die Chinesische Mauer, der Kaiserpalast, die Verbotene Stadt, der Platz des himmlischen Friedens und vieles mehr. Müde vom langen Tag fielen wir in die Betten und konnten immer noch nicht so richtig glauben, wo wir eigentlich waren. Ein gesunder Schlaf wollte uns in dieser Nacht nicht glücken. Zu groß waren am Tag zuvor noch die Strapazen der Anreise und die ersten Eindrücke von der Stadt, vom Hotel und den ersten Schritten in die chinesische Fernsehwelt.

Der Tag begann mit einem Frühstück, wie wir es bisher nicht kannten und bei dem wir nur staunen konnten, was Chinesen schon am frühen Morgen vertilgen. Seltsame Gebilde von Gemüse- und Fleischstreifen, alles Mögliche in soßenähnlichen Flüssigkeiten, warme Fruchtsäfte, die meinen Sohn amüsierten, der vergeblich Ausschau nach seinen Cornflakes hielt. Frei nach dem Motto „Was der Bauer nicht kennt, das isst er nicht", tasteten wir uns sehr zögerlich an Essbares heran und beschränkten uns zuerst auf Unmengen von Toastbroten, da uns zumindest dieser Teil eines Frühstücks bekannt war. Während chinesische Frühstücksgäste irgendwelche Substanzen aus Suppentassen schlürften, wurden wir bei der Frage nach einem Kaffee argwöhnisch beäugt, und die Sehnsucht der Radlinger-Jungs nach einem Kakao blieb unerfüllt. Doch es gab einen Instantkaffee, der zwar gewöhnungsbedürftig, aber genießbar war. Schräg gegenüber sahen wir das Moderatorenpaar in lässiger Freizeitkleidung und konnten nur staunen, was sie alles auf dem Teller hatten. Natürlich hat uns imponiert, dass sie im selben Hotel untergebracht waren und keinerlei Allüren hatten. Allüren scheinen bei chinesischen Stars eh ein Fremdwort zu sein, was sich später auch in unserer Sendung bestätigte.

Erkundungstouren

Mit schwachem Frühstücksmagen ging es dann zusammen mit den anderen deutschen Kandidaten auf den ersten Ausflug in die chinesische Kultur, bevor wir am Abend dann pünktlich zur Aufzeichnung unserer Sendung in der Halle sein sollten. Wang fuhr mit uns zum Sommerpalast, einer wunderschönen Sehenswürdigkeit, wohin sich der Kaiser von China im Sommer zurückzog und wo er sich verwöhnen ließ. Auf dem Weg dorthin besichtigten wir eine Seidenfabrik und ließen uns erklären, aus wie vielen Kokons eine Seidenkrawatte entsteht.

Bevor es zur Halle ging, machten wir Halt an einem Restaurant und waren begeistert, wie nett wir dort empfangen wurden. Erstmals dinierten wir an einer chinesischen Tafel und zeigten uns anfänglich unsicher und noch zögerlich beim Zugreifen. Die wunderschön gekleideten Chinesinnen, die uns bewirteten und uns jeden Wunsch von den Augen ablasen, amüsierten sich köstlich darüber, wie wir uns an die einzelnen Speisen herantasteten. Alles schmeckte sehr lecker und war optisch einladend zubereitet. Auffällig war, dass sich unser Reiseleiter nicht zu uns an den Tisch setzte und in einem anderen Raum sein Essen zu sich nahm. So waren wir ganz allein auf uns gestellt und konnten uns mit den Servicedamen nur durch Gestik halbwegs verständigen.

Schon hier fiel uns auf, dass man in China als Deutscher sprachlich im Hintertreffen ist. Chinesen, die Deutsch sprechen, scheinen in China so rar zu sein wie schwäbische Spätzle. Auch der Versuch, aus einem Langenscheidt-Wörterbuch etwas vom Deutschen ins Chinesische zu übersetzen, schlägt fehl. Dort steht zwar verzeichnet, wie man das chinesische Wort ausspricht, doch ist es hoffnungslos, sich damit verständlich machen zu wollen. Schon der Tonfall gibt einem Wort einen anderen Sinn. Noch nicht einmal auf Hand- oder Fingerzeichen ist Verlass. So passierte mir unterwegs, dass ich an einem Getränkestand zwei Flaschen Cola kaufen wollte, die Dame mir jedoch acht Stück in eine Plastiktasche packte. Ich deutete mit den gespreizten Fingern die Zahl zwei. Wang klärt mich dann auf, dass dieses Zeichen in China „acht" bedeutet. Deshalb schaute die Verkäuferin wohl auch so seltsam: Welcher Touri kauft schon gleich acht Cola auf einmal? Als ich Wang fragte, warum er sich zum Essen nicht zu uns an den Tisch gesetzt hat, klärte er uns über eine chinesische Benimmregel auf. Demnach darf ein Reisebegleiter nicht zusammen mit seinen Gästen speisen.

Die „Arbeit" ruft

Am späten Nachmittag sollte es nun an die „Arbeit" gehen. Dazu fuhren wir erst mal etwa 30 Kilometer quer durch Peking, bevor wir in der Halle eintrafen. Dort trafen wir Djavid, einen Manager der Gottschalk-Firma „dolce-media" aus München, der an diesem Tag aus Deutschland angereist war. Er war für die Betreuung der deutschen Kandidaten zuständig und half dabei auch dem chinesischen Fernsehen bei der Umsetzung und Darstellung der Wetten. Ich hatte ihm schon einige Tage vor meiner Abreise gemailt, dass ich gerne bereit wäre, in der Sendung für ein deutsches Produkt zu werben. Djavid, ein rühriger und freundlicher Typ, hatte daran gedacht und mir das T-Shirt eines Ingolstädter Automobilherstellers nach China mitgebracht, das ich mir überstreifen sollte. Auch wenn das T-Shirt zwei Nummern zu klein war, so war dadurch der Audi-Schriftzug „strammer" zu lesen und ich blieb mit dieser „Trikotwerbung" authentisch, da ich selbst diese Marke fahre. Im Übrigen gab es dafür kein Honorar und leider auch keinen Nachlass bei meinem letzten Audi-Kauf.

Chinesische Begeisterung ohne Grenzen

Djavid wünschte uns für die Sendung viel Erfolg. Wir nahmen zunächst im Publikum Platz. Das Publikum, bestehend aus etwa 1000 bunt zusammengewürfelten Personen, war schon lange vor dem Start der Sendung in Hochstimmung. Zu jeder Aufnahme werden diese Zuschauer mit Bussen herangekarrt und bilden das Publikum in der Halle. Auch wenn Gottschalk in Deutschland immer mit tosendem Beifall begrüßt wird, so ist das geradezu bescheiden zu dem, was das chinesische Publikum in der Halle bietet. Lange bevor auf der Bühne überhaupt etwas passiert und der Moderator die Bühne betritt, schreit das Publikum in einer Lautstärke, dass selbst Ohrstöpsel versagen würden. Die Zuschauer zappeln auf ihren Sitzen und schwenken Luftschlangen so dick wie Salamiwürste. Kurz vor Beginn der Sendung kam der Regisseur zu uns in den Zuschauerrang und klärte meinen Sohn und mich auf, wann wir an der Reihe waren und dass er uns dann hinter die Bühne rufen würde, wenn es so weit sei.

Auf einmal erhöhte sich die Lautstärke noch einmal um das Doppelte. Die chinesische *Wetten dass..?*-Musik ertönte und kündigte den Start der Aufzeichnung an. Und die Show begann. Das Moderatorenpaar erschien im Scheinwerferlicht und kaum sichtbar in Rauch gehüllt. Jetzt, wo sich innerhalb weniger Sekunden der Rauch gelichtet hatte, war das Moderatorenpaar in seiner ganzen Attraktivität zu sehen. Im Gegensatz zum deutschen *Wetten dass..?* gibt es keine mit Prominenten besetzte Couch. Es ist in China nicht erlaubt zu wetten, folglich gibt es keine Wettpaten. So beschränkt sich die Show auf die Moderatoren und zwei prominente Show-Gäste, die während des ganzen Ablaufes die Moderatoren durch die Sendung begleiten.

In dieser Ausgabe, in der wir selbst in wenigen Minuten dabei sein würden, waren der in China als Superstar bekannte Weltmeister im Turmspringen dabei und eine bekannte Sängerin, wenn man so will die chinesische Jeanette Biedermann. Gleich groß, gleich smart, jedoch einfach die Augen etwas schlitziger. Ab dem Start der Sendung konnten wir nur noch raten, um was es ging. Chinesisch hört sich sehr witzig und liebenswürdig an. Wir blieben erstaunt darüber, wie professionell alles ablief, was am Tag zuvor bei den Proben noch so chaotisch aussah. Die provisorischen Proben des Vortages fügten sich zu einem schön anzusehenden Ganzen zusammen.

Zunächst waren die chinesischen Kandidaten an der Reihe, die ihr Kunststück vorführten. Der eine versuchte verzweifelt, in mehreren Anläufen mit Pfeil und Bogen ein Ziel zu treffen, und der andere füllte mit seiner Atemluft einen 150 Meter langen Kunststoffschlauch, der als Luftzufuhr für ein Lied auf einem dudelsackähnlichen Instrument diente. Das sah lustig aus, und das Publikum tobte. Es war spürbar, wie wenig verwöhnt der chinesische Fernsehzuschauer noch ist. Hier weiß man auch einfachere Darbietungen noch mit großem Applaus zu würdigen. Also dachte ich mir: „Da habe auch ich mit meiner Vorstellung die Chance auf eine gute Akzeptanz."

„Schall und Rauch"

Kaum gedacht, kam schon der Regisseur und bat mich nun für meinen Auftritt hinter die Bühne. Dort wurde ich sofort in Rauch gehüllt und vom Moderator angekündigt. Es ging alles ruck, zuck - ich hatte noch nicht einmal Zeit dafür, mich mit Lampenfieber zu quälen. Der Aufruf des Moderators hörte sich lustig an: Selbst aus meinem Namen machte der Moderator eine Mischung aus Schang und Bang. Bang wurde mir nun schon ein bisschen, denn in wenigen Sekunden sollte ich mich durch den Rauch auf die Bühne bewegen. Christoph hatte sich währenddessen auf Anweisung der Regie schon auf der Bühne neben den bereitgestellten Bierkisten in Position gebracht.

Ob ich denn tatsächlich vor 20 Jahren in Deutschland mit derselben Wette aufgetreten bin, wollte der Moderator von mir wissen. Natürlich konnte ich das bejahen, betonte jedoch, dass die Kisten damals wesentlich leichter gewesen seien. Außerdem lobte ich die Gastfreundschaft der Chinesen und sagte, dass das Ansehen von China in Deutschland noch wesentlich höher sei als mein Kistenturm. Diese ehrliche Meinung kam beim Publikum gut an, und es nahm mir mit einem Applaus meine Nervosität. Dank Eva, der Dolmetscherin, wurden meine Worte wohl richtig übersetzt. Als mich die Moderatorin mit einem Blick auf meinen Bauchansatz fragte, ob ich auch mal gern ein Bierchen trinke, konnte ich das natürlich nicht ganz verneinen. Als ich noch ausdrückte, dass nicht nur China wesentlich größer sei als Deutschland, sondern auch die Bierkisten, hatte ich das Publikum gewonnen.

Die Dolmetscherin fragte mich dann, was ich denn mit den Kisten vorführen wolle. Da ich keine Wettformulierung verwenden durfte, äußerte ich einfach, dass ich acht dieser riesengroßen chinesischen Bierkisten fünfzehn Sekunden lang auf dem Kinn balancieren wolle. Schon allein diese Aussage brachte das Publikum zum Beben. Noch ohne dass ich mich beweisen konnte, bestätigte sich, dass Wetten aus Deutschland, Österreich und der Schweiz beim chinesischen Publikum ganz oben in der Gunst stehen. Schon wurde ich vom Moderator zur Vorführung aufgefordert. Mit Christoph, der super mitmachte und im Gegensatz zu seinem Vater ganz und gar cool blieb, stapelte ich nun die acht leeren

Bierkisten übereinander, hob den Turm mit beiden Händen in die Höhe und setzte ihn zur Balance auf meinem Kinn auf. Die fast 25 Kilogramm drückten erheblich auf mein Kinn, und schon nach vielleicht gerade mal fünf Sekunden brach der Turm zusammen.

Wiederholung gibt es nur in China

Eva vernahm meine Enttäuschung, beredete etwas mit dem Moderator, und ich bekam eine zweite Chance. Ich war perplex, da es so was im deutschen *Wetten dass..?* nur selten gäbe. Also freute ich mich, und wir stapelten die Kisten erneut. Ich hob den schweren Kistenturm das zweite Mal in die Höhe, um ihn nochmals auf meinem Kinn zu balancieren. Ich biss auf die Zähne. Jetzt wollte ich es wissen. Das Gewicht drückte mein Kinn so stark auf die untere Zahnreihe, dass ich während des Balancierens glaubte, danach würden Kinn und Zähne fehlen. 14 Sekunden hielt ich durch - dann brachen der Turm und fast ich selbst zusammen. Ich war geschafft und mal wieder von den Kisten erlöst. Eine Sekunde weniger als angekündigt. Doch das störte niemanden. Das Publikum schwenkte die Luftschlangen und war außer sich. Unter lautem Getöse und schriller Musik wurde ich von der Moderatorin verabschiedet und erhielt als Geschenk so etwas wie eine Urkunde. Was da draufsteht, können nur Chinesen lesen. Wo es keine Wetten gibt, kann es auch keinen Wettkönig geben wie in Deutschland. Dennoch spielt das Fernseh- und Saalpublikum mit. Während der Vorführung der Wetten wird das Bild angehalten, eine Telefonnummer eingeblendet und der Fernsehzuschauer kann raten, ob die „Wette" bzw. die Vorführung gelingt oder nicht. Außerdem entscheiden Saalpublikum, die in der Show mitwirkenden Prominenten und die Manager der Sendung über die interessanteste Vorführung. Erst später erfuhr ich von Djavid, dass mein Auftritt mehrfach über Tage hinweg im chinesischen Fernsehen wiederholt wurde.

Die Show endete exakt nach einer Stunde, und die Stimmung in der Halle blieb ungebrochen groß. Unzählige Zuschauer rannten auf mich zu und wollten ein Autogramm, was mir fast peinlich war. Dem Strahlen chinesischer Augen kann man jedoch nicht widerstehen, und so unterschrieb ich zwar auf Deutsch, jedoch in der Eile nicht besser lesbar als chinesische Schriftzeichen. Zusammen mit Christoph ging ich zurück ins Publikum, wo meine Frau und die anderen deutschen Wettkandidaten saßen. Sie sollten in den nächsten Tagen mit ihrer Wette bei den noch folgenden Produktionen an der Reihe sein und schauten sich „meine" Sendung nun an, damit sie wussten, was an den Folgetagen auf sie selbst zukommen würde.

Nicht nur das Land ist wesentlich größer, auch die Getränkekisten !

Nicht mehr ganz so hoch hinaus ging es in Peking im Mai 2005. Der Kistenturm war zwar nur halb so hoch wie 20 Jahre zuvor, jedoch mit 24 Kilogramm fast doppelt so schwer.

Gemeinsam mit Wang fuhren wir am späten Abend ins Hotel zurück. Wir alle waren noch etwas aufgedreht und wollten gemeinsam den Abend ausklingen lassen. Dazu wollten wir nun das chinesische Bier testen und sehen, ob es in China so etwas wie ein Reinheitsgebot gibt. Gleich beim Hotel gab es ein Lokal, wo wir gut aufgehoben waren. Jetzt wusste ich auch, warum die Bierkisten in China so groß sind. Die Bierflaschen sind doppelt so groß wie bei uns, und eine Bedienung erklärte uns auf Chinaenglisch, dass es das berühmteste chinesische Bier sei. Das Bier konnte im Geschmack mit deutschen Spitzenbieren mithalten. Respekt, was die Chinesen aus Hopfen machen. Da ist weder Hopfen noch Malz verloren. Und der Preis! Hier kann man großzügig sein. Bei einem Flaschenpreis von drei Yuan, das sind gerade mal 30 Cent, fiel es auch einem Schwaben nicht schwer, die eine oder andere Runde zu spendieren.

Bevor den Radlinger-Buben, die zusammen mit ihren Eltern mit dabei waren, die Augen zufielen, begaben wir uns zurück ins Hotel. Die beiden Jungs sollten am Tag danach mit ihrer Carrera-Wette antreten. Harry, ihr Vater, zeigte sich gespannt, ob die für die Requisiten zuständigen Leute auch wirklich in der Lage seien, noch eine passende Holzplatte zu beschaffen. Es war einfach wichtig, dass die Rennbahn auf einem planen Untergrund aufgestellt war. Ich fragte die Jungs, ob sie gesponsert werden, weil sie den ganzen Tag Mützen eines Spielzeugfabrikanten trugen. Stolz sagten sie, der Sponsor hätte ihnen nach ihrem Auftritt in Deutschland die beste und größte Rennbahn geschenkt. Eine Werbung in China wäre sinnlos gewesen, da es in China diese Rennbahnen nicht zu kaufen gibt. Die meisten Wohnungen wären dafür schlicht zu klein.

Die Chinesische Mauer

Der dritte Tag in China war für meine Frau, Christoph und mich ein ganz relaxter. Ich hatte meinen Auftritt hinter mir und meine „Wette" nach deutschen Maßstäben zwar nicht gewonnen, jedoch das Minimalziel, mich nicht zu blamieren, mehr als erreicht.

Heute ging es mit unserem Bus zur chinesischen Mauer. Der touristische Höhepunkt wohl eines jeden Chinareisenden. Wir konnten vor unserer Anreise in China nicht damit rechnen, dass wir die ganze Zeit eine Reisebegleitung haben sollten, die uns jeden Besichtigungswunsch erfüllte. Nie hätte ich mir die Chinesische Mauer so breit und so steil vorgestellt. Dass sie mit Unterbrechungen über 6000 Kilometer lang ist, war mir aus dem Reiseführer bekannt. Die Höhe der Stufen und die Steile der Treppen verlangen jedoch eine gehörige Portion Kondition. Als Langläufer verstehe ich ein bisschen etwas von Kondition und sprach zu Hause mit meinem Lauffreund Sigi immer mal über den Traum, nur einmal im Leben den berühmten Marathon auf der chinesischen Mauer zu laufen. Als ich nun live und wahrhaftig die Mauer im Schritttempo bestieg, beschloss ich, mit meinem Lauffreund über diese Vision nie wieder zu sprechen.

Wie hart schon eine Stunde das Steigen über Stufen sein kann, die oft so hoch sind wie drei Schuhkartons, erlebte ich insbesondere bei unserem Reiseleiter. Wang war konditionell miserabel drauf und keuchte mehr, als er ging. Plötzlich knickte er mit dem Fuß auf einer hohen Stufe so unglücklich um, dass er kaum noch gehen konnte. Es blieb uns - in diesem Fall mir als dem scheinbar kräftigsten unserer Gruppe - nichts anderes übrig, als ihn huckepack zu nehmen und ihn über die hohen Mauerstufen nach unten zu transportieren. Als „Gegenleistung" wollte ich von ihm die Zusage, dass wir heute mal auf chinesisches Essen verzichten und er dafür auf der Rückfahrt in Peking bei McDonalds anhalten solle. Zugegeben, mir selbst war es auch mal wieder nach Fast Food, und außerdem hatte ich beobachtet, dass die Radlinger-Teenager und mein Sohn beim chinesischen Essen nie richtig satt wurden und zumeist nur zögerlich zugriffen. Wang gab nach, und alle freuten sich, auch in Peking mal einen „Hamburger" zu „treffen".

Apropos Hamburg. Die zwei jungen Herren aus Hamburg, die am letzten Tag unseres Aufenthaltes noch als Wettkandidaten auf die Bühne gehen sollten, erzählten, dass die 20 Melonen schon gekauft seien, und der Karatekandidat hatte einen Tag zuvor in ganz Peking nach bestimmten Ziegeln für seine Karatewette gesucht. Schnell verging dieser Sightseeing-Tag, und am Abend wollten wir noch ein letztes Mal in die Halle. Dort wurde an diesem Abend die *Wetten dass..?*-Ausgabe aufgezeichnet, in der die Jungs aus Nürnberg ihren Auftritt hatten. Sie waren einem in diesen Tagen ans Herz gewachsen, zusammen mit den sympathischen Eltern. Ob jung oder alt - dieselben Anspannungen, Gefühle, Ängste und Ziele schweißen zusammen. In dieser Sendung waren die Radlingers gleich die ersten Kandidaten. Harry war etwas sauer, da die Leute von der Technik nicht in der Lage waren, für seine Söhne die richtige Platte zu besorgen. Da lag nun ein großer Teppich auf dem Hallenboden, auf dem die Rennbahn aufgestellt wurde. Es war der Nerven-Horror. Als die ersten Rennwagen ihre Runden drehten und die Jungs mit verbundenen Augen nun erraten sollten, welches Auto dem Geräusch nach gerade auf der Piste war, war der Stromkreis ständig unterbrochen und die Autos blieben immer wieder stecken. Dennoch - die Jungs machten das Beste daraus, blieben cool und gewannen letztlich ihren Part. Der große Applaus war ihnen sicher. Ganz besonders begehrt beim Publikum war der Jüngere der beiden. Er hatte seine Haare so attraktiv mit Gel gestylt und gefärbt, dass ihn viele Chinesen nach dem Auftritt berühren wollten, als käme er von einem anderen Stern.

Später erzählten uns die Buben, mit welchem Aufwand ihre Wette wenige Monate zuvor im deutschen Fernsehen dargestellt worden war. Da wurden von den Requisiteuren Boxen für die Autos gebaut, mehrere Kameras installiert, die optisch aus den Spielzeugautos wahre Boliden projizierten und dem Ganzen ein Hockenheim-Feeling gaben. In China läuft das alles viel einfacher ab. Hier wird improvisiert, aber anscheinend professionell. Jeder deutsche Regisseur würde einem Nervenzusammenbruch erliegen, müsste er in dieser oberlegeren Form Regie führen. Ein Wunder, dass dieses sympathische Improvisieren immer wieder zu einem guten Ergebnis führt.

Wir beließen es beim Mitfiebern mit den Jungs aus Nürnberg und wollten an diesem Abend nicht die ganze Aufzeichnung verfolgen. Während Harry den Stress hatte, die Rennbahn für den Transport zurück nach Deutschland wieder gut zu verpacken, machten wir uns einen schönen Abend.

Letzter Tag – Peking live

Dieser Chinese könnte wetten, dass er auf seinem Fahrrad mehr transportieren kann als ein Deutscher auf einem Kleinlaster und dabei eine Hauptverkehrsstraße auch noch unfallfrei überquert.

Noch einen Tag hatten wir vor uns und wunderten uns, warum für meine Familie ein Tag länger gebucht worden war. Das konnte uns recht sein. So hatten wir Gelegenheit, noch mehr von Peking und Umgebung zu sehen. Unser Reiseleiter Wang war dabei immer noch unser Begleiter. Er zeigte uns den Kaiserpalast, den Platz des himmlischen Friedens und einige Sehenswürdigkeiten mehr, bis wir am Abend Peking-City erlebten. Wir huschten noch über die große Einkaufsstraße, um wenigstens ein paar Souvenirs zu kaufen, und bestaunten die Garküchen, die sich allabendlich wie die Perlen einer Kette über eine Länge von circa 500 Metern in der Pekinger City aneinander reihen. Was da alles gebraten, gekocht und gegart wird, weiß oft nur der Koch.

Ich lud Wang zum Essen ein, und wir hatten Gelegenheit, unsere Adressen auszutauschen. Als er dabei erfuhr, dass ich in der Möbelbranche tätig bin, wollte er mir noch unbedingt das schönste Pekinger Möbelhaus zeigen. Das ließ ich mir nicht nehmen, obwohl meine Frau und mein Sohn darüber meckerten, dass ich nicht einmal in China von Möbeln lassen könne. So konnte ich am späten Abend ein paar berufliche Impressionen aus China mitnehmen und besichtigte das schönste Pekinger Möbelhaus, wo prompt ein schwäbisches Unternehmen mit seinen Polstermöbeln präsent war. Natürlich sind mir als Möbelkaufmann, der für renommierte deutsche Möbelhersteller arbeitet, deutsche Möbel in einem chinesischen Möbelhaus lieber als chinesische Möbel auf dem deutschen Markt. Diese Einstellung mögen mir die netten und fleißigen Chinesen verzeihen.

Mit Wang fuhren wir zurück zum Hotel. Von der City zum Hotel führte uns eine 20 Kilometer lange schnurgerade Straße. Nie zuvor hätte ich geglaubt, eine Straße könnte so lang und so gerade sein. Diese Fahrt durch das nächtliche Pekinger Verkehrschaos stimmte uns lustig, aber auch nachdenklich. Nachdem uns längst aufgefallen war, dass es in China wohl keine oder nur ganz wenige Verkehrsregeln gibt, erzählte uns Wang Interessantes über Autos und Verkehr. So gibt es allein in Peking fast zehn Millionen Fahrräder, aber auch immer mehr Autos und Verkehrstote. Die für einen Europäer völlig unverständlichen Verkehrsregeln lassen zumindest erkennen, warum es in China jährlich über 100.000 Verkehrstote gibt.

Es wird von links und rechts überholt, vollgepackte Fahrräder schieben sich durch das große Verkehrschaos, und die Autofahrer selbst haben oft zu wenig Erfahrung. Wie uns Wang sagte, ist man besonders gefährdet durch Anfänger, die auch in China natürlich zur Fahrschule gehen. Die Fahrstunden werden jedoch auf einem eigens dafür abgesperrten Übungsbezirk abgehalten und nach Bestehen der Prüfung begeben sich die Fahrschüler erstmals in den öffentlichen Verkehr. Mindestens 80 Fahrstunden sind Pflicht, machen jedoch aus den Fahranfängern längst noch keine guten Autofahrer.

Reichtum und Armut dicht beieinander

Das Pekinger Stadtbild kann täuschen: Reichtum, Wohlstand und westeuropäische Orientierung in der City - Armut auf dem Land und in den Nebenstraßen der Stadt. Wie stark sich solche Armut auswirkt, erzählte uns Wang auf der langen Fahrt durch die Stadt. Ihm war aufgefallen, wie ich abends in einem Kaufhaus mehrere Minuten ein europäisches Paar beobachtete, das ein Kleinkind im Kinderwagen hätschelte, wie es eigentlich nur Eltern tun. Das Kind selbst war jedoch offensichtlich ein Kind chinesischer Abstammung. „Ja", sagte Wang - „ich habe es deinen Augen angesehen, dass du etwas irritiert warst, aber es ist so. Arme Bauern vom Land verkaufen ihre Kinder an reiche Europäer, die selbst kinderlos sind, bzw. sie geben ihre Kinder wegen Armut zur Adoption frei. Der Staat schreibt vor, dass jede Familie nur maximal zwei Kinder haben darf. Werden es mehr, so müssen die Familien dafür viel Geld, also eine Art Strafe, an den Staat bezahlen." Das berührte uns schon sehr, und Wang erzählte, dass er keine Geschwister hat, weil er das erste Kind seiner Eltern war. Ist das erste Kind ein Sohn, dann bleibt es oft dabei, weil ein Sohn im Ansehen einer Familie mehr zähle als ein Mädchen.

Mir war jedoch ein lustiger Abschluss in China lieber, und ich fragte Wang, warum das chinesische *Wetten dass..?* Kandidatennachschub aus Deutschland brauche. Er meinte, dass diese Art von Fernsehsendung in China ganz neu ist und immer mehr Zuschauer gewinnt. Jeden Sonntag würde er die Sendung anschauen, und bisher sei in jeder Sendung auch ein deutscher Kandidat mit dabei gewesen. Die Chinesen mögen die Deutschen, meinte er und bestätigte den Grund, warum oft ein deutscher Wettkandidat dabei ist. Ich sagte ihm, dass in Deutschland bei *Wetten dass..?* Autowetten besonders beliebt sind und es dafür gerade in China viel Inspirierendes gäbe. Überall voll beladene Fahrräder, die oft Mengen transportieren, bei deren Ladevolumen bei uns jeder Klein-LKW von der Polizei angehalten würde. Schau auf die Straße, sagte ich Wang, und es fallen dir zig Wetten ein.

Ich schlug ihm vor, doch mal an das chinesische Fernsehen die Wette bzw. die Formulierung einzureichen: „Ich bin in der Lage, zehn Millionen Fahrräder am Rattern des Schutzbleches zu erkennen". Oder dass er auf einem chinesischen Fahrrad mehr transportieren könne als ein deutscher Lkw. Wang bog sich vor Lachen und meinte, er würde es mal versuchen. Gleichzeitig fragte er mich, ob es eine Chance gäbe, dass ein Chinese nach Deutschland kommt und im deutschen *Wetten dass..?* eine Wette vorführt. Ich erzählte ihm, dass erst vor kurzem ein chinesisches Mädchen beim deutschen *Wetten dass..?* war und Rollschuh fahrend unter einer nur 20 Zentimeter hoch liegenden Latte durchfuhr und sich dabei so verbiegen konnte, so dass sie hindurchpasste.

Ich riet ihm einfach, sich was Spektakuläres einfallen zu lassen, um im deutschen *Wetten dass..?* eine Chance zu haben. Er solle es doch einfach versuchen und ich versprach, ihm die deutsche E-Mail-Adresse von *Wetten dass..?* zu mailen. Dabei schlug ich ihm vor, doch mal folgende Wette nach Deutschland zu schicken: Ich wette, dass ich (Wang) die Körner von zehn Säcken Reis schneller zählen kann als 100 Deutsche die Körner nur eines Sackes. Das brächte ihn ganz sicher in die Sendung, machte ich ihm Mut. Wang wusste meinen Spaß einzuordnen und nahm mir das nicht übel. Er wusste, wie sehr ich die Chinesen, ihren Fleiß und ihre natürliche Freundlichkeit respektierte und wie groß und positiv meine Eindrücke von Land und Leuten waren.

Diese Stunde Fahrt zum Hotel war ein schöner Abschluss eines *Wetten dass..?*-Erlebnisses, bei dem mir die Erfahrungen erneut wichtiger waren als der Auftritt im Fernsehen selbst. Nach vier Tagen China traten wir die Heimreise an.

166

Das chinesische Fernsehen sorgte auch im letzten Punkt der Organisation für Klasse, und der Bus, der die ganzen Tage unser Gefährt gewesen war, fuhr uns am anderen Morgen zum Flughafen. Dort verabschiedeten wir uns herzlich von Wang. Wir nahmen Abschied von Peking, von Stadt und Leuten. Neben dem spaßigen „Blödsinn" selbst, nämlich mit 50 Jahren nochmals Kisten auf dem Kinn zu balancieren, blieb die Erkenntnis, dass *Wetten dass..?* auch in China einen steilen Weg nach oben machen wird.

Was ist das Erfolgsrezept von *Wetten dass..?*

Auf dem Rückflug habe ich mir viele Gedanken zu *Wetten dass..?* gemacht und alle Erlebnisse in diesem Zusammenhang Revue passieren lassen. Was ist das Erfolgsgeheimnis dieser Sendung, die in China noch all die Jahre vor sich hat, die in Deutschland schon hinter *Wetten dass..?* liegen? Was ist die Faszination an *Wetten dass..?* Was ist das gewisse Etwas, das auch Menschen in ganz anderen Kulturen begeistert? Sind es die Wettkandidaten, die zum Erfolg beitragen? Sind es die berühmten Künstler, die den wesentlichen Erfolg ausmachen? Ist es die Mischung aus beidem - oder hat der Moderator wirklich allein schon eine solche Wirkung, dass er selbst der entscheidende Erfolgsfaktor ist?

Ich kam für mich zu dem Schluss, dass *Wetten dass..?* deshalb ein Langzeitrenner ist, weil die Fernsehzuschauer es einfach mögen, anderen Menschen bei Vorführungen zuzuschauen, sie allein in ihrem Verhalten zu beobachten, anzuerkennen, mitzuleiden, sympathisch oder unsympathisch zu finden. *Wetten dass..?* ist nichts anderes als die moderne Form eines Zirkus. Die Kandidaten sind die Dompteure ihrer eigenen Leistungen und gleichzeitig so was wie Artisten einer anderen Art. Die Künstler, die mit ihren Hits auftreten, sind das Zirkusorchester und inmitten aller Attraktionen steht der Zirkusdirektor, der Moderator. Während der Erfinder von *Wetten dass..?* und langjährige Moderator, Frank Elstner noch die Ausstrahlung des seriösen „Zirkusdirektors" hatte und auf diesem Niveau mit verschiedenen Sendungen ein Dauerbrenner geblieben ist, ist Gottschalk wohl eher die moderne Form eines Gauklers, der es auf geniale Weise versteht, seine „Artisten" ins rechte Licht zu setzen und dabei selbst noch als reif gewordener „Klassenclown" Mittelpunkt zu bleiben.

Er zeigt keinerlei Allüren und ist seit über 30 Jahren noch immer verheiratet mit derselben Frau, die er schon kannte, als er noch glaubte, Lehrer werden zu müssen. Das ist nicht die Regel in einem Geschäft, in dem offensichtlich die Scheidungsraten oft höher sind als die Einschaltquoten der Betroffenen. *Wetten dass..?* ist mehr als eine Fernsehshow. *Wetten dass..?* ist in den über 25 Jahren zu einer Marke geworden, noch weit entfernt vom Sättigungsgrad. Dank dem ZDF und Thomas Gottschalk, der die Elstner-Idee in seiner unnachahmlich lockeren und souveränen Art noch viele Jahre moderieren kann und sich dabei bewusst ist, dass das nur mit einem guten Team möglich ist. Neben vielen fleißigen und geschickten Händen, die hinter den Kulissen seit vielen Jahren alle Mosaiksteinchen zu einem erfolgreichen Ganzen zusammenfügen, ist Beate Weber der stille Star bei *Wetten dass..?*. Sie, die früher Beate Wink hieß, ist seit Anfang an bei *Wetten dass..?* dabei und als führende Redakteurin nicht nur für die Auswahl und die Tests der Wetten verantwortlich. Nein - sie ist viel mehr. Wenn Thomas Gottschalk das Herz ist, dann ist sie die Seele von *Wetten dass..?*. Kein Fernsehzuschauer kennt ihr Gesicht, und doch läuft ohne sie nichts. Das würde sie selbst in ihrer bescheidenen zurückhaltenden Art allerdings nicht so sehen. Seit es *Wetten dass..?* gibt sorgt sie mit Ideen für die originelle Gestaltung der Wettausführungen, organisiert die Abläufe und liest gerade den Wettkandidaten die Sorgen und Nöte von den Augen und musste schon so manchen

Wettkandidaten trösten, der hinter den Kulissen in Tränen ausbrach oder sonst wie Hilfe nötig hatte.

Wenn ich mir heute *Wetten dass..?* ansehe, habe ich eine noch intensivere Beziehung zu dieser Sendung. Ich fiebere mit den Kandidaten und freue mich für sie, wenn sie gewinnen. Ich weiß aus Erfahrung, wie sie sich fühlen und gefühlt haben - all die weit über 700 Wettkandidaten, die bisher bei *Wetten dass..?* aufgetreten sind. Ich kenne das Lampenfieber, den Schweißausbruch und die feuchten Hände vor dem Auftritt. Und das Glücksgefühl, wenn alles geklappt hat. Selbst heute werde ich von Bekannten und anderen Neugierigen immer noch auf die Wette angesprochen. Das geht allen anderen Wettkandidaten natürlich nicht anders. Es ist seltsam, welche Magie eine Wette auf den Fernsehzuschauer ausübt und wie hoch der Wiedererkennungswert einer Wette auch nach vielen Jahren noch ist.

Das schätzen natürlich auch Sänger, Schauspieler, Comedians und andere Künstler, die nirgendwo lieber auftreten als bei *Wetten dass..?*, um ihre Popularität zu steigern. Keine andere Fernsehplattform ist für einen Künstler interessanter, um einen neuen Hit oder neuen Film vorzustellen. Also gilt es für die Künstler, diese Bühne so zu nutzen, dass der Vortrag, sei es ein Lied oder auch eine Stand-up-Comedy, länger in Erinnerung bleibt.

Stars und ihre Allüren

Wer spricht nicht noch lange darüber, wenn ein Robby Williams bei *Wetten dass..?* auftrat? Mit seinen Grimassen und seinem Verhalten, das man anderen als obszön nachtragen würde, lässt er keinen Zweifel daran, dass er nach Frauen mindestens genauso gierig ist wie auf die vorderen Ränge der Charts. Dem Fernsehpublikum bleiben dabei die Allüren solcher Superstars wie Robby verborgen. Während ausnahmslos jeder Star an den Tagen vor der eigentlichen Show in der Halle erscheinen muss, um seinen Auftritt zu proben, erlaubt sich Robby immer wieder eine unrühmliche Ausnahme. Er kommt nicht zu den Proben und schickt stattdessen irgendeine unbekannte Sängerin, sozusagen eine Stunt-Sängerin, die dann sein Liedchen ins Mikrofon trällert. Währenddessen verweilt er in der Präsidentensuite des Hotels, in dem er sage und schreibe weitere 20 Zimmer bucht, die von seinen Begleitern bewohnt werden. Erscheint er dann am Abend zur Live-Sendung, so würde er „vom Leder ziehen", wenn in seiner eigens für ihn entworfenen Garderobe keine schwarzen Ledersofas stehen. Wenn er selbst in der Live-Sendung seinen neuen Hit vorträgt, sieht der TV-Zuschauer nur den netten Kerl, den man am liebsten als Freund, Mann oder Schwiegersohn hätte.

Eine besondere Eitelkeit pflegt auch der britische Pop-Star Seal, der erst durch die Ehe mit dem Starmodell Heidi Klum auf dem deutschen Markt richtig bekannt wurde. Während der Proben verbietet der britische Popstar fotografiert zu werden und verlangt, dass in der ganzen Halle mit Verbotsschildern darauf aufmerksam gemacht wird. Zu groß ist wohl seine Angst, dass er ungeschminkt fotografiert werden könnte oder wie anderes wären solche Allüren zu deuten. Eine wahre deutsche Künstlerin darin, sich mit ihrem Auftritt lang anhaltend bei ihren Fans in Erinnerung zu belassen, ist Sarah Connor. Der Megastar unter der deutschen Pop-Weiblichkeit sorgte bei *Wetten dass..?* neben ihrem attraktiven Äußeren und ihrer unschlagbaren Stimme noch für eine andere Aufmerksamkeit. Sie trug bei einem Auftritt ein Kleid aus leichtem Stoff, der so dünn und durchsichtig war, dass der Fernsehzuschauer glaubte, irgendetwas darunter gesehen oder auch nicht gesehen zu haben. Ihr Auftritt beschäftigte die Presse tagelang und erhöhte ihren Bekanntheits- und damit ihren Marktwert. Auch die Phantasien an Stammtischen kannten kaum noch Grenzen, und so mancher mag scheinbar so genau durch das Kleid durchgesehen haben, als habe er wirklich das entdeckt, was er sich ausmalte.

Nein - vergiss es. Vermutlich steckte hinter dem Auftritt mit diesem Kleid das Kalkül, auch noch Tage, Monate oder Jahre nach diesem Auftritt mit diesem und wegen dieses Kleides im Gespräch zu bleiben. Natürlich hatte sie etwas darunter an. Na, oder vielleicht eben doch nicht?

Wesentlich seriöser zeigt sich Anne Sophie Mutter, die es mit ihrer Violine zu Weltruhm brachte und in den Musikmetropolen der Welt zu Hause ist. Bei *Wetten dass..?* steckte sie ihre Traumfigur in ein bodenlanges gelbes Kleid, nachdem sie dieses in perfekter Abstimmung mit der Kulisse aus 15 mitgebrachten Kleidern ausgewählt hatte. Eine eher bescheidene und sinnvolle Kleidermarotte im Vergleich zu Madonna. Für ihren Auftritt bei *Wetten dass..?* orderte sie eine Luxus-Toilette, 18 Quadratmeter groß, sieben Tonnen schwer, edles Interieur, 10.000 Euro Miete am Tag. Zu groß war wohl ihre Sorge, dass ein Normalo vor ihr auf's Örtchen gehen könnte.

Nötiger hat es da schon eine Verona Pooth, geborene Feldbusch, mit weiblichen Reizen zu spielen. Ihre sonstigen Talente sind begrenzt, wenngleich sie eigentlich ein Künstlergenie ist. Kaum einem anderen Künstler ist es gelungen, mit einem solch geringen „Kapital" soviel Kapital zu schlagen. Zuletzt schnatterte sie allerdings sehr ungekonnt als Moderatorin einer Außenwette bei *Wetten dass..?*. Mit ihrem Mundwerk, das schneller läuft als die 78-er Spur eines Plattenspielers, nervte sie manchen Fernsehzuschauer und brachte damit die eine und andere Chipstüte vor dem Fernseher zum Platzen.

Nicht alle Künstler, die sich von ihrem Auftritt eine positive Resonanz und die Steigerung ihrer Beliebtheit erhoffen, schneiden beim Publikum gut ab. So bleibt auch ein Auftritt von „Schimanski" Götz George unvergessen, der in seiner Sensibilität von den Fragen Gottschalks so genervt war, dass er sich in der Live-Sendung mit Gottschalk anlegte und pöbelte. Wie im richtigen Leben gibt es auch unter den Stars Sterne, die nicht jeden Tag gleich schön funkeln, und Sternschnuppen, die heute da und morgen weg sind. Wie unkompliziert dagegen chinesische Stars sind, zeigte sich in China. Kein „Star", ob die Moderatoren oder die auftretenden Künstler, strahlte zu viel Wichtigkeit aus. Eher Bescheidenheit und Dankbarkeit - so wie ich den Eindruck von allen Chinesen hatte, die ich in Peking kennen lernte.

Unvergessliche Kandidaten

Ob der Auftritt eines Wettkandidaten gestern war oder heute, ob in Deutschland, China oder sonst wo. Und ob die Sendung heute etwas anders abläuft wie früher: All das ändert nichts an den Empfindungen, Gefühlen und Emotionen der Kandidaten. Jeder, der selbst einmal als Wettkandidat dabei war, hat Ähnliches erlebt und hätte selbst ausreichend Stoff für ein Buch.

So auch eine mir unvergessliche Kandidatin aus der Schweiz. Ich erinnere mich weit zurück an Alice Wichser aus Solothurn, die ich als Prototypen eines idealen Kandidaten sehe. Franz Beckenbauer, damals gerade ein Jahr im Dienst als Teamchef der deutschen Nationalmannschaft, formulierte in der 27. Sendung die Wette, dass Alice alle Kronen der Welt kennt. Souverän, mit einer genialen Mischung aus Intelligenz und Humor, erkannte sie fünf von Hundert vorgestellten Kronen und bescherte dem Wettpaten Franz Beckenbauer, dass er für die ganze Nationalmannschaft einen Kaiserschmarren zubereiten musste.

Ein bisschen verrückt muss man schon sein für diese Wettspäße. Ein Quäntchen Geltungstrieb, das Verlangen nach Spaß und Abenteuer, ein wenig Träumerei und Versponnenheit sowie der Wunsch, einmal im Fernsehen zu sein, steckt wohl in vielen Menschen. Wenn dazu noch Kreativität kommt, dann erfreut sich der Fernsehzuschauer auch an jemandem wie Werner Kohlbecker, einem genial witzigen Kandidaten, der alle Tugenden eines guten Kandidaten verkörperte und als Rentner bewies, dass Spaß keine Altersgrenze kennt. Er wettete, dass er jede beliebige Kuhherde mit dem Sound aus einem Flügelhorn von der Weide locken kann. Auf diese Idee kamen bisher nicht mal die unzähligen Almbauern, die oft alle Mühe haben, die Kühe von der Alm zu locken und künftig bei Almabtrieben wohl zum Flügelhorn greifen. Das war pure Unterhaltung und zeigt, wie stark die Sendung von der Idee lebt und alle Wetten einzigartig und unvergesslich macht. Selbst Doktoren fürchten nicht um ihr seriöses Image, wenn sie sich aus dem „Tageskostüm" zwängen und bei *Wetten dass..?* ihr inneres Spaßbedürfnis ausleben. So spuckte Dr. Thilo Tübler bei *Wetten dass..?* 100 Tischtennisbälle an die Wand und fing diese mit dem Mund wieder auf. Wette gewonnen, ohne auch nur einen Ball zu verschlucken. Dass auch Männerbrüste für hohe Einschaltquoten sorgen können, bewiesen Andreas und Stefan Bakker aus Rendsburg. Ihr Freund, Michael Marschall, wettete, dass er 30 Musiktitel am Brustmuskelzucken seiner Freunde erkennen kann. Die Wette war wohl die originellste und populärste aus jüngster Zeit und die trainierten Brustmuskeln zuckten sich gar bis China durch, wo die Wette auch dort bei *Wetten dass..?* ein Hit war.

Nach bisher fast 800 Wettkandidaten, die bis heute bei *Wetten dass..?* mitgewirkt haben, bin ich ganz sicher, dass es irgendwann mal ein ganz besonderes Jubiläum gibt, nämlich dann, wenn der 1.000.Wettkandidat seinen Auftritt hat.

Ob ein früherer Kandidat an den Rillen einer Schallplatte das darauf gepresste Lied erkennen konnte oder ein künftiger Kandidat an den „Rillen" im Gesicht von Starschauspieler Heiner Lauterbach das Datum seiner Exzesse und Affären erkennen kann - Originalität zählt, und manchmal dient auch eine alte Wette als Inspiration für neue Wetten. Warum sollte es also in Zukunft nicht noch viele Leute geben, denen Originelles oder Kurioses einfällt und damit zu *Wetten dass..?* kommen.

Oder vielleicht gibt es gar auch mal Prominente, die den Mut haben, sich nicht nur auf dem Promi-Sofa breit zu machen, sondern selbst als Wettkandidat aufzutreten. Wie unterhaltsam wäre es doch, wenn Bundestrainer Jogi Löw mal wetten würde, dass er am Haarschnitt seiner Spieler den Namen des Frisörs erkennen kann. Noch lustiger wäre, wenn Dieter Bohlen wetten würde, dass er an der Stimme von 50 Casting-Kandidaten ohne Gerät die genaue Pulsfrequenz bestimmen kann. Ein Hammer wäre, wenn Thomas Gottschalk nach jahrzehntelanger Gummibärchenerfahrung mal wetten würde, dass er mit verbundenen Augen die Farbe und das Geschlecht von 100 Gummibärchen erkennen kann.

Nein so weit wird es nicht kommen.

Ich wette, dass es noch in vielen Jahren *Wetten dass..?* und ideenreiche Wettkandidaten geben wird, die mit einem vollbesetzten Omnibus über rohe Eier fahren, während der Busfahrer einen Reifenwechsel macht und gleichzeitig das Parfüm aller Insassen erriechen kann.

top, die Wette gilt!